人はアンドロイドになるために

石黒浩 ISHIGURO HIROSHI
飯田一史 IIDA ICHISHI

筑摩書房

人はアンドロイドになるために

目次

cover photo by Kurima
装幀　水戸部 功

石黒教授と三人の生徒　1

生きるとはどういうことか？
人間とは何か？
社会とは何か？
自分とはなんなのか？

誰もが幼少の頃からこれらの疑問を抱く。だが、いつしか考えるのをやめる。しかし私はロボットや人間に興味を持つ研究者である。そのため、これらの問題に日々直面し続けてきた。それは刺激的で、喜びに満ちた毎日だった。今はその経験を活かして次世代に、こうした問題を考えてもらうきっかけを与えている。これもまた、楽しみにあふれた日々だ。

ふるびた木造校舎の小さな教室に始業のベルが響き渡る。
椅子に座った生徒たちを前に、私は自分が着ている黒シャツを両手でなめす。

「僕はロボット哲学を教えているイシグロと言います。今日からみなさんには、ロボットと人間との関係を描いた物語を読むことを通じて、自分の進路や人生について考えてもらいたいと思っています」

私はこの先の人生に迷える中学三年生三人に対し、夏休みの特別授業として、短期の集中的なゼミを持つことになった。彼らは顔見知りのようだが、こちらは初対面である。簡単に自己紹介してもらう。

「えっと、エリカ・マツコです」

低い声と大きな身体を特徴とする彼女は、黒地のセーラー服をまとい、首には生きたニシキヘビを巻いている。名前はデルと言うらしい。将来どうなりたいのか訊いてみると「なんでもいいから有名になりたいわね、アタシ」とふてくされたように言う。

次は中学生のくせに鼻の下にふさふさとしたヒゲをたくわえ（付けひげか?）、しかし学ランを着た長身の少年だ。

「ナツメ・ソウセキです。あの小説家と血縁関係は一切ありませんが、影響は受けています」

神経質そうにナツメは言う。柔道が得意らしいが、将来は教師か新聞記者になって社会勉強と文章修行をしてから作家になりたいそうだ。そのためにも、早く親元から離れて外の世界が見たいのだという。「こんな名前を付けたくせに、父は僕が文筆業に進むことに反対していますけどね。僕の理解者は、足が一本しかないこの文鳥だけです」。どう見てもはく製か人形にしか見えない文鳥を肩に乗せ、撫でながらナツメは語る。

「じゃあ次は俺っすか」

尊大な態度で話し始めたナカガワ・オルタは制服ではなく着流しで出席している。しかし頭は金髪アフロだ。彼の父親は神職でありながら寄席や芝居に行くのが楽しみで、その影響を受けたのだそうだ。伝統演芸の担い手になりたいという。

「一日でも早く芸を円熟させたいんで、早くジジイになりたいっすね。年を取りたいっす」

妙に偉そうである。

三人とも個性と奇抜さをはき違えているようだが、嫌いではない。

「みなさんそれぞれに悩みとか課題意識とかあるでしょうから、この講義でも、自分に引きつけて考えてもらえればと思います」

「その前に先生に聞きたいんすけど、そもそも『ロボット哲学』ってなんすか？」

「ああ、そうね。ロボットみたいな機械と、哲学っていう文系っぽいものは結びつかないとみなさんは思っているわけでしょう？　今は人文科学と自然科学、この国の言い方では文系と理系が分かれています。だけど昔は科学も技術も自然哲学、natural philosophy と言われていました。本来、博士号、Ph.D というのは『哲学博士』という意味です。パスカルとかライプニッツみたいに数学上、大事な発見をした哲学者も多いし、そのあともずっと科学やテクノロジーの発達と哲学上の議論は両輪でやってきたんですよ」

「じゃあ、先生は哲学者っすか?」

「正確にはちょっと違います。でも専門的な話になるので、それは置いておこうか。とにかくみなさんには、ロボットを題材にいろいろ考えてもらいたいわけです。『人間って何?』とか『自分って何?』とかをね」

進め方は簡単。みんなに小説を読んでもらい、私が質問を投げかけ、みんなで議論する。それだけだ。

私はまず、アイデンティティについて考えてもらうための作品を彼らに配る。

アイデンティティ、アーカイヴ、アンドロイド　I Wanna Be Adored

二〇〇〇人規模のホールを満員に埋めたコンサートを、ひとつのミスもなく終えて意気揚々と楽屋に戻る。歌手のハルは、満面の笑みを浮かべた女性マネージャーから知らせを受けた。

「あれ、決まりました」

童顔に見えるがすでに三十路のハルよりも若い女性が切り出す。

「本当?」

破顔しながら、マネージャーに問い返す。

ハルは長身をぐっと前にかがめ、右手の拳を強く握りしめて喜びをあらわす。かたわらにいたコンサートの相棒――ハルとは腐れ縁の歌手のユキは、乾いたタオルを首元に当て、汗を吸わせながら不機嫌そうにそれを見る。ユキはくりっとした目の、ショートカットの女性だ。身長は一七〇センチ、ハルより少し低い。彼女はプライベートでもステージでも黒服の男装で、同性からの支持を集めていた。

「ユキも喜べよ」

ハルは優男のような外見とは裏腹に、豪快にユキの細身の腰をてのひらでばんばんと叩き、ミネラルウォーターを飲み干す。喉に潤いが走る。

「論理的にありえない」

理知的な顔立ちに複雑な感情をまとったユキは、眉をひそめ、吐き捨てるように言う。

ハルは気にも留めず、にこやかに「そんなこと言うなよ」と大声を張り、笑い飛ばす。

陰と陽——ユキが陰で、ハルが陽だった。

ハルとユキによるユニット「ハルノユキ」は、ふたりの見目麗しい姿と世界各地の音楽を独自に取り入れたエスニックなメロディの美しさにより、人気を博していた。

ヒットチャートで上位になるほどではないが、玄人好みの音楽性とポップさを兼ね備え、女癖の悪いハルの破天荒さもあいまって、メディアからの注目も高い。ハルノユキは国内のみならず、海外でも二、三〇〇〇人規模の会場であればすぐに埋めるくらいの存在感を誇っていた。

ハルは三歳からピアノをはじめ、高校生にして作詞作曲を手がけ、みずから歌いもするミュージシャンとしてデビュー。以来十数年、キャリアをつみかさねてきた。その才能を最初に認めて惚れ込んだのが、幼稚園からの付き合いになるユキである。

ハルは、自分の高い音楽的要求に完璧に応え、野放図な私生活にもかかわらず付いてきてくれる彼女を、大切な仲間だと思っていた。

この男はときに鼻持ちならない自信家であり、ビッグマウスで周囲を辟易させ、ネットを炎上させることもしばしばあった。ただ、音楽的には本物だった。ユキはそれを一度も疑ったことがない。幼稚園の園庭でハルが即興で歌っていた声に惹かれ、無意識のうちに自分も歌い始めていたそのときから、ずっと。

ハルの声がもつ女性的な高音と、ユキの歌が放つ男性的な低音があいまった歌声。その性別が逆転したような組み合わせと、どこかなつかしい民族音楽的なハーモニー、ダークファンタジー的なビジュアルイメージは、国際的に高い評価を得ていた。ハルには楽曲提供やプロデュースなどのオファーが、つねに世界各地から舞い込んでいる。

しかし、能力的に彼のめがねにかない、性格的に耐えられる歌手は少なかった。結果、ハルノユキの活動が最優先されてきた。

ユキはプロ意識と努力は並外れていたが、人気、実力ともにハルほどではない。ただ楽曲の機微を繊細に読み取り歌声に変える力量、オーダーがあれば完璧に応える姿勢により、業界内の評価は高かった。ハルと並べられれば二番手、縁の下の力持ち扱いだったが、そのうしろには誰もいない「二番」だった。彼女もまた、ハル以外との音楽活動の誘いを断り、何よりハルノユキの活動を優先させてきた。それがユキのやりがいだったからだ。

ハルはわがままだったものの、ユキの説得に折れることも多かった。

それはユキが献身的だということではない。ふだんは物静かなせいで、メディアやファンはその実態を知らないのだ。おおっぴらにはしゃべらず、内に抱えているだけで、面倒くさい感情を渦巻かせていたのは彼女のほうだ。ハルのわがままに対し、ユキがよりうまくゴネることで、ハルが折れる。互いに怒り、衝突するが、収まるところに収まる。楽観主義者と悲観主義者。アクセルとブレーキ。猥雑と潔癖。

ふたりは互いを補い合っていた。

恋愛や趣味といった私生活のほとんどを捨て、音楽活動を第一に生きてきたユキは、限界まで力量を引き出してくれるハルを敬愛していた。彼女は要求があれば正確に応える反面、自分で自分の能力に蓋をしてしまう。強引にタガを外すハルがいなければ、ここまでは来られなかった。限界を超えさせてくれるハル、その曲と歌で人々の心を溶かすハルを、ユキは尊敬していた。

ハルノユキの片割れであるハルは、自分そっくりのアンドロイドをつくってもらう権利を得た。

そのことをほこらしく思っていた。

すぐれた功績をあげた人間に賞を与え、「その人そっくりのアンドロイド」をつくる動きが始まったころの話だ。

＊

たとえばロボットやアンドロイドを使って人間の技術や芸能を後世に遺そうという非営利団体「アンドロイド・アーカイヴ財団」（通称ＡＡ）という組織があった。

同組織は全世界で、ジャンルを問わず、優れた人間を毎年一〇〇名ずつアンドロイド化していた。ハルはそれに選ばれた、最初期のひとりだ。

このころのアンドロイドは、自ら判断し、動くことができる「自律型」は、いまだ発展途上である。アーカイヴとしてのアンドロイドは、人間による遠隔操作と組み合わせての使用を前提にしたものがもっぱらだった。

人間酷似型アンドロイドをつくるには、最低でも一〇万ドルはした。それにくわえ、アンドロイドに機能を足せば足すほど、制作費用は増える。手足をはじめ駆動する部分を増やす、歌や踊りができるようにする、対話機能を充実させる……そうやって機能を追加し、まともに動くものにして定期的にメンテナンスし、アップデートしていく費用を負担できる個人は、ほとんどいなかった。

ハルのアンドロイドは、彼の音楽的な技能のコピーに重きが置かれ、対話機能は付随していない。

「アンドロイド化されることがステイタスだ」という社会通念が、できあがってすぐのころである。それも、「自分のアンドロイドがいるなんてかっこいい」といった軽薄な理解が大半だった。

ハルはなぜ、自分そっくりのアンドロイドがつくられることを泣くほど喜んだのか。

自作を永遠に残したいと思っていたクリエイターだったからだ。

人は、みずからが生きてきた証をなんらかのかたちで世に残したいと願う。

誰もが、自分の人生が無意味だとは思いたくはない。

エンターテインメントや芸術に携わる人間であれば、我が子のような自作が評価され、長く愛され、歴史に名を残すものであってほしいと感じる。

たとえ我が身がこの世から消え去ったあとも、みずからの技能がコピーされたアンドロイドを通じて、自分の作品、歌声、パフォーマンスに人々に触れてもらえる。ハルはそのことによって、自分の歌が、ひいてはそれを通じて自分自身が「永遠の存在」になれたような感覚をおぼえていた。

ハルのアンドロイドは、ハルのすべての能力を再現できるわけではない。歌と、歌うときの身体の動きをコピーするだけだ。だが彼のアイデンティティは何より歌にあった。音楽さえ遺せるなら、自分が後世に残るに等しい。音源が残るだけでなく、パフォーマンスをする身体ごとアンドロイド化されることが、嬉しかった。

しかし、アンドロイド技術は摩擦を生むこともあった。

＊

ユキは、ハルがアンドロイド化する権利を獲得する候補としてノミネートされて以来、不機嫌だった。

舞い上がっていたハルは、しばらくそれに気づかなかった――いや、異変を察してはいたものの、気づかないふりをしてきた。ハルがアンドロイド化の知らせを受けたあとも続いていたツアーの最終日、リハーサルが終わったあとの楽屋でふたりきりになると、ユキはハルに切りだす。

「論理的に考えて、ハルのアンドロイドをつくるのはありえない。アンドロイドをつくるなら、ハルノユキは解散したい」と。

寝耳に水だった。

「は?」

「簡単に言えば、私は君のロボットじゃない、ということだ」

「ロボット……？　何言ってんだ？　あのな、お前が『論理的に』なんて言うときはいつもまったく論理的じゃない。ちゃんと説明してくれ。いや、今はこれからステージだ。終わってからでいい」

ハルは本番前で、ピリピリしていた。ユキはしかし、感情を抑制しながら語り始める。

「ハルはこのまえ、アンドロイドができたおかげで自分の作品が永遠になった、と言っていた。だけど、私のカラダは機械じゃない。いずれ朽ちて死ぬ。年を取れば、きっと指も動かなくなっていく。ハルが、自分の音楽を奏でるプレイヤーに永遠を求めるなら、私は不適格だ」

ハルは、ユキの歌唱が滅びゆくものだと捉えたことは一度もない。ユキは、機械のたぐいが苦手ではあった。あるいは、ユキの音程を採る能力の高さ、曲の再現能力の高さがマシーンにたとえられることもあった。しかし。

「……話が唐突すぎてわからない。それに、つくるのは俺のアンドロイドであってお前のじゃない。俺がいつ、お前の代わりにアンドロイドと組むなんて言った？　言ってないだろ？」

「ようするに、ハルノユキはまだ道半ばだ。だからハルには、ほかのことにうつつを抜かしてほしくない。『俺がお前をいちばんにしてやる』と私に言ったのに、その約束を守るまえにアンドロイドに時間を割くなんて許さない」

ユキは無表情なまま語る。またわがままが始まったか、とハルは思う。

ハルにも、ユキが怒っていること自体はわかる。ハルにはユキに怒られる理由はいくらでもあった。素行の悪さにしても、この日、渋滞のせいでリハーサルに遅刻してきたことにしても。しかしアンドロイドをつくることに反対される理由は、ハルにはわからない。

「だから、お前が『ようするに』『つまり』『論理的に』とマクラにつけるときは、全然要約もされていないし、理由にもなっていない。話が見えん。俺は、お前との活動をおろそかにするほどアンドロイドに血道をあげるつもりはない。それは安心してもらっていい。ただそれはそれとして、俺の歌と踊りを再現できるコピーができたら、お前嬉しくないの？　俺は俺のアンドロイドをユキといっしょに歌わせてみたい。アンドロイドだって、お前と歌いたがるんじゃないか？」

勢いに任せてまくしたて、思いつきではあるが相棒をうまく褒めたつもりだった。

「そんなわけない。ハルのアンドロイドは遠隔操作型だ。自律的な意志はない」

「そこは常識で返すのかよ……」

開演時間が迫る。ハルは立ち上がり、ペットボトルの水を喉に流し込む。軟水のはずなのに、味がきつい気がした。息を吸う。

「いつも言ってるだろ？　お前の才能は、俺がいちばんよく知っている。俺はお前を信頼してる。だからお前も俺の選択は信じてくれよ。それでずっとやってきただろ？　アンドロイドをつくったからって、それくらいでなんで不機嫌になるのか、俺には本当にわからない。たいしたことじゃないんだよ、絶対に」

「じゃあたとえば私のアンドロイドがいたら？　ハルはどちらを選ぶ？」

鋭い目線がハルを刺す。怒気が滲み出た相棒の声。ユキを説得するのは、思った以上に難しいかもしれない。いつもの爆発とは、トーンが違う。

「バカ言うなよ、そんなの……」

「アンドロイドを選ぶはずだ。だってハルは、永遠を求めているんだから。もちろん、私のアンドロイドがいたら、という仮定は論理的に無意味だ。私は自分のコピーなどつくりたくない」

ユキは奥歯を強く嚙み、「それに」とつづける。

「そもそもハルと違って、私はロボットになる資格は得られなかった。そんな価値がないと思われている」

「ちょっと待て。ユキオはアンドロイドになりたいのか？　その、つまり、嫉妬か……？それとも」

「そうじゃない。つまり」

納得も理解もできないが、そろそろ気持ちを切り替えなければまずい。もう、始まる。音楽に関しては完璧主義者のハルの我慢が、限界に達する。ひとまわり大きい声が出る。

「いい加減にしてくれ。これから俺たちはホールに集まってくれている人のために、歌わなきゃいけない。ここで揉めたままステージに立ちたくない。だから、今は終わりだ。俺たちに一番大事なのは……歌だろ？」

ハルは握手を求めたが、ユキは応じない。表情をわずかにゆがませただけだ。ハルの頭は疑問と苛立ちでいっぱいだったが、深呼吸して、言葉を選ぶ。

「悪かった。今日まで腹にかかえるものがあったから、いまこうして話してくれたわけだ」

ユキは答えない。本当にこいつは面倒くさい。

「つづきは、あとだ」

ハルは楽屋のドアを開け、ユキを置いて歩く。

リラックスのために楽屋で甘い匂いのお香を焚いていたことに気づいたのは、廊下に出て空気が切り替わったあとのことだった。

＊

その日のハルはボロボロだった。楽屋でのやりとりを思い出し、歌詞やダンスの振り付けを何度かまちがえた。プライドを傷つけるには十分なミスだ。

いっぽうユキは、何事もなかったかのように、そんなミスをしたハルをＭＣでいじることで、ファンを喜ばせる。ハルは怒って、

「機械のように正確に、ってわけにはいかないんだよ」

と漏らす。ユキは「おお、こわい」というポーズを取っておどける。

「ハルはね、こないだアンドロイド化が発表されてから、ずっとアンドロイドのことばかり言っている」

「いや、それはお前だろ。さっきも……」

「あんまり間違えるようじゃ、ハルの代わりにアンドロイドが歌うようになるかもね。そしたら私もステージに立つのをやめて、データで音を流して客席で観てる」

観客は冗談だと思って笑っていたが、ハルは言葉を詰まらせる。

ユキは一度もミスらしいミスをしなかった。「性格の悪いマシーンだ」とハルは思う。

＊

ユキの意志は固かった。

何度もハルは説得にかかったが「アンドロイドを取るか私を取るか、どちらかにしろ」

というユキの意向は変わらなかった。

彼は「自分たちはこんなことでギクシャクするような関係だったのか」と悲しくなった。「アンドロイドをつくったところで自分は何も変わらない」という姿を見せればユキも納得するのではないか、と思うようにもなった。

ハルはもともと浮気性だった。性愛においては、完全に。病的に。ゴシップ誌に何度撮られても学習することがなく、次々に相手を取り替えていった。

しかし音楽については、ユキ以上の存在を見つけたことがない。ただ、アンドロイドを手に入れたら、新しい可能性が開けるかもしれないという思いが、ハルのなかで膨らみはじめていた。ユキが自分の歩みを拒絶していたからこそ、よけいに。

ユキは男嫌いが噂されるくらい、ハル以外の男を仕事上でもほとんど近づけてこなかった。「俺がいなくなったら、あいつ、これからどう音楽を続けていくつもりなんだ……」この期に及んでも、ハルはユキの先行きを心配している。

性的にはクズだが、音楽には真摯。そういう人間だった。

最終的な話し合いは、彼らのマネジメントを担当する所属事務所の、無意味に広い社長室で行われた。窓から自然光が降り注ぐ静かな部屋の奥にあるソファに、ハルとユキ、そして社長の三人が腰かけている。日曜の朝に似つかわしくない緊張感を放ちながら、それは終わった。

ハルノユキでは、ハルはユキの歌が映える曲づくりを心がけてきた。ユキの才能を自分以上に引き出せる人間などいるはずがない。自分が離れてしまえば、ユキは迷走してみじめな姿をさらす。そんな未来が、ハルには想像できた。

幼少期から「音楽の世界で一番になる」というひとつの夢を追いつづけてきた相方を思うと、残念ではあった。「ユキがわけのわからないことを言うからこうなったのだ」とハルは自分を納得させる。彼は一度たりとも「アンドロイドか、ユキか」という二択で捉えたことはなかった。だがなぜかユキはその考えに取り憑かれ、対抗心を燃やしている。

ユキの言うことは、ハルにとっては支離滅裂だった。「アンドロイドの〝たいこもち〟はやってられない」「人間の自分が、機械の下になることへの抵抗感がある」云々。ハルは鈍感だった。ユキはハルノユキでいつもハルの次に注目される二番手でしかなかった。ユキは、自分にはたいした作詞作曲能力がないことがコンプレックスだった。そして、ハルを独占したがってもいた。

歌唱について「完璧」「機械のように正確無比」と評されてきた彼女は、ハルの求めるクオリティを「完璧」に、「正確無比」に歌える機械、それも人間の声帯とほとんど同じ質感の音を放てる機械が身近に現れたとき、いわく言いがたい感情を覚えてしまった。

ハルは気づかなかった。そう語る人間がいても、「そんなバカな」と思うだけだったのだ。「ユキはハルに恋愛感情があって、それがこじれた」などというファンの見立ても、一蹴していた。「そんなことでこじれるなら、とっくの昔にこじれている。だいたい俺は一度もユキから好きだのなんだのと言われたことがない」と。

　事務所でふたりの対話を取りまとめることになっている八〇代の社長は、ジャズマン出身だった。ハルにとってはあいにくなことに、機械を嫌い、おそれるテクノフォビアだった。彼はユキの肩を一貫して持ち続けた。

「ジャズの本質はインプロヴィゼーション、即興演奏の魅力にある。君たちの音楽も、ライブであれば毎回違った会場で、違ったお客が入り、違った魅力を持つものになっているはずだ。機械は同じことのくりかえしはできるが、微妙なニュアンスをその場の空気に合わせて変えることができない。機械に、音楽という人間がつくりだした最高の芸術まで奪わせるわけにはいかない」

　しかしハルに言わせれば、インプロヴィゼーションも機械でかなりのことはできる。ルールに従った即興なら、機械のほうがうまくできる。簡単な作曲だってＤＪだって、とっくの昔に機械でできる。ハルはがまんできず、ユキとの本題そっちのけで口論を始めてしまう。

「そもそも機械を使わないで音楽活動をしていくのは、今日ではむずかしいことです。『生歌』と言ったってマイクやアンプを通して表現していることが多い。大きな会場でライブするときはみんな機械が曲のテンポを刻んでくれるクリック音を聞きながら演奏している。人間が、機械に合わせて音を出している。クリックを使わずに広い会場で距離の離れた人間同士が弾けば、音が届くまでの距離のせいで演奏のテンポがズレてしまう。クリックなしでは、大会場でのライブは成立しない。それに、人間はこれまでも自動演奏する機械を使って音楽を表現してきた。自動演奏するシーケンサーだってはるか昔から日常的に使われています。それを使えば、いかにも人間くさいリズムの揺れや訛りだってつくりだせる。もちろん、だとしても、ドラムマシーンが登場したあともドラマーに仕事はある。人間の歌がなくなるわけじゃない。僕は自分のアンドロイドを手に入れたけれど、ユキを失いたいわけじゃない」

社長は落ち着いたまま返す。

「それは、わかっている。ただ、いくらロボットが歌ったところで、本物の感動はつくりだせない」

「ハル、論理的に考えて社長が言いたいのは、ギターをアコースティックからエレクトリックにするようなことじゃない。人間の演奏を、ロボットやアンドロイドで代替させるなんてできない、という話だ」

「そういう話は聞き飽きてるよ。『機械の歌には感動しない』なんてウソだ。俺らは合成音声がつくりだす歌を、生まれたときから聞いて育ってきた。ラップトップPCでつくられたダンスミュージックにだって数え切れないくらいの名曲がある。俺たちはそこに喜びや悲哀を感じてきたはずだ。そして俺をコピーしたアンドロイドの歌には、最先端の合成音声技術の結晶が使われている。いや、そもそもアンドロイドの歌に感動しないなら、録音物の歌に感動することもありえない。録ったものを再生する——そういう意味では、原理的には同じことだ。だけど録音された歌が世界中に配信され、いろんなアプリで聴かれ、人は感動を覚えている。なぜアンドロイドの身体を通したら感動しないものになるのか。そんなわけがない。録音された音楽を使って世界中のＤＪたちは人々を踊らせている。同じ音楽しか再生できないメディアであっても、聴く人の体調や心理、環境によって違った音楽に聞こえる。当たり前のことだろ？　俺には、音楽に、芸術にロボットやアンドロイドを持ち込んだとたんに拒絶反応を示すひとたちのことが理解できない」

そうじゃない、とユキが静かに漏らす。

「ハルは自分がアンドロイド化されたことによって永遠の存在になれた、と言った。私はなれない。なりたくもない。仮に私のアンドロイドができたとしても、『この私』は年を取り、老いて声が出なくなり、からだが動かなくなっていく。肌だって衰えていく。今みたいなパフォーマンスは、できなくなる。『ハルノユキ』がこのまま長く活動を続け、片割れである私はババアになり、しかしハルはジジイになっても代わりにアンドロイドを立たせられる。私はどんな気分になる？　シリコンやウレタンでできたハルのアンドロイドの肌は定期的に交換されていつまでも若々しく、ダンスのキレは最盛期のまま。老いた私は踊れば息切れし、出ない音程も出てくる。ハルをコピーしたアンドロイドがこの世の中に存在するということは、そういう状況を招く、ということなんだよ？」

「つまり？　比較対象であるアンドロイドとステージで並ぶことがイヤだから反対しているわけか？　そんなの、恥をかきたくないだけだろ。俺だって老いる。三〇年後にステージでアンドロイドと並べば、自分を情けなく思うかもしれない。しかし、プロデューサーとしての俺は〝彼〟の歌や踊りに満足するだろう」

「私はハルと違ってプロデューサーじゃない。ただの歌手だ。自分が替えの利く存在だとは思いたくない。機械に居場所を奪われるのも、比べられてバカにされるのも耐えられない。アンドロイドに、ハルの時間を奪われるのも耐えられない」

「いや、それは話が逆だろ？　アンドロイドがあれば俺の代わりにあちこち行って歌ってくれる。俺自体の時間は今までより増える」

「ハルは、本物のハルノユキじゃない歌、ロボットが歌うライブを観て喜ぶ人に対して、まがいものを提供しているという気持ちにならないの？」

「そんなことを言ったら、今だって俺たちのライブをヘッドマウントディスプレイをつけてVRで楽しんでいる人はいっぱいいる。だけど自宅でHMDごしにライブを観てもらうよりは、アンドロイドの歌であっても会場の空間を共有してもらいたい。声が空気を震わすその場所にいてほしいんだよ。俺は別に、俺個人を観てほしいわけじゃない。俺の音楽を、ナマで、最大限楽しんでもらえればそれでいいんだ」

この時代には、ライブ会場に設置されたカメラと視聴覚を共有して、自宅にいながらにしてリアルタイムでVRライブを鑑賞することは一般的になっていた。

ただし、VRのかもしだす臨場感には限界があった。その場のにおいや空気感までは伝えることができない。アンドロイド技術者たちは「生身の人間のパフォーマンスをHMDごしで観るよりは、アンドロイドのパフォーマンスをナマで観るほうが、臨場感があり、満足度が高い」と自負していた。それを裏付ける研究結果も出ていた。

「ハル。私の父さんはね、アンドロイドにとても苦しめられたんだよ」

ユキの父は落語家である。その師匠は世界で二番目にアンドロイド化された落語家だった。ひとりめは五代目桂米朝。ふたりめが、ユキの父の師匠だった。人間国宝、無形文化財。ややこしいことに、ユキの父は、師匠にうりふたつの語りを特徴としていた。

だが、師をコピーしたアンドロイドのほうが、人気では勝った。ユキの父は「生身であるコピーには、それはそれで価値がある」と言っていたが、ユキにはその意味がわからなかった。父はどうして師匠の真似ばかりするんだろう。やめればいいのに、と思っていた。アンドロイドが憎かった。

「その話も何度も聞いた。だけど、俺にはわからない。ユキは理屈が通っていない。感情的にも、さっぱり納得できない」

ユキをロジックで説得はできないだろうと、ハルは覚悟した。彼女の反応は生理的なもので、何か地雷を踏んでしまった。もう後戻りできないのだ、と。これまでも、他の女との恋愛や肉体関係においてはたびたびそういうことがあった。ユキとの音楽活動では、初めてだ。

「ハル。ひとが何かを決断するときには、理由がたったひとつ、なんてことはない。いくつもの理由が絡んで、結論を出す。そこには言葉にはできないようなことだってある。すべてを説明することはできない。論理的に言って」

ハルはユキの心を変えられなかった。

ユキも、ハルの心を変えられない。

ハルの「アンドロイドをつくりたい。試してみたい」というきもちをなくすことはできないのだ、と彼女は悟る。アンドロイドを使った音楽活動に対する好奇心、挑戦的な姿勢……それが言外に滲み出ている。本人は「そこまでのものじゃない」と言うが、目が、口調が、その発言がウソであることを物語っていた。

あたらしいことにチャレンジしなくなれば、ハルはハルでなくなる。そういう熱狂に包まれているときのハルには、何を言ってもだめだ。ユキはそれを知っていた。だからあきらめ、受けいれた。

こうして「ハルノユキ」は解散する。

公式サイトに出された声明に、ユキは書いていた。

「ハルが永遠を求めるなら、私は瞬間を求める」

＊

ハルはユキとのユニットを休止して、今まで断ってきたようないくつかの仕事を引き受けた。仕事には困らなかった。

だが、心には穴が空いた。

ユキは彼にとって、ミュージシャンとして成功する以前、何者かになる前の幼少期からずっといっしょだった唯一の友人でもある。音楽的なパートナーとして「こいつと組めば勝てる」と思った唯一の人間でもある。ハルの要求に完璧に応えられたのはユキだけだ。

ユキもハルに対し、クリエイティビティ、オリジナリティを執拗に要求した。

ユキは、ハルという、才能をひけらかしがちで、政治的な発言や下半身のスキャンダルで物議をかもすことも多い問題児が生きていくうえで必要な緩衝材でもあった。

ハルはユキが厳しいことも言い、時にはいきすぎなくらいキレてくれることで、自分のことを冷静に、客観的に見つめる機会を何度も得てきた。口論しているうちにバカらしくなってハッとしたり、素直に反省させられたり……いい関係だと思ってきた。

ユキは音楽活動には必要不可欠な分身であり、何がしたいのかをわかりあえているつもりだった。しかし、違った。半身が奪われた。「機械に仕事が奪われる」「アンドロイドに音楽を奪われる」などという考えはバカげている。ハルはそう思っていた。だが、斜め上からの方向で、そうなった。

ハルはアンドロイド制作を手がけるＡＥラボラトリ社の工房——と言っても美術家のアトリエのような静謐かつ広大な空間だが——で「型どり」の作業へ向かうあいだ、これから何を本気の音楽活動としてやっていくべきか、ずっと考えていた。

「型どり」とは何か。

当時のアンドロイド制作には必須の工程だ。アンドロイドは、誰かに依頼すれば自動的にできあがるものではない。物体・生体の３Ｄデータを簡単にスキャンできるようになる以前には、通常、生きている人間本人の協力が必要だった。

皮膚の細かい模様まで再現するために、歯医者が歯型を取る素材と石膏を使い、頭部や手などの型を取るのだ。

二〇畳ほどの工房でハルは服を脱いで下着姿になり、五、六人のスタッフに囲まれるなか、全身を石膏で覆われていった。女性のスタッフは、ハルの鍛え上げられた筋肉にため息を漏らしていたが、ハルは考え事をしていたせいで、ふだんのように愛想よく軽口を叩いて食事に誘うことを忘れていた。

ほとんどの人間は、この工程を体験して、面食らう。いかにたいへんかを、知らないからだ。ハルもそうだった。

何がたいへんか。まず、からだを覆う素材が冷たい。歯型を録る素材は、冷たいまま固まっていく性質をもつ。一方で、合わせて使う石膏のほうは、熱を発生しながら固まる。こちらは熱い。はじめに歯医者が使う素材を顔にかける。そして、それがたれないうちに、ガーゼと石膏を交互に当て、固定していく。最初は冷たいのに、急に熱くなっていく。

この作業は、目を閉じたまま進行する。真っ暗ななかで、頭が部分的に冷たくなったり、熱くなったりする。ハルは気持ちわるさのあまり、思考が吹っ飛んでしまった。

作業の終盤にさしかかると、鼻の穴だけを残して頭全体が覆われる。この状態では口は完全にふさがれ、呼吸は鼻からしかできない。また、皮膚全体が石膏で固まっているから、顔の筋肉は一切動かすことができない。体もだ。その状態で二〇分ほど耐えなければいけない。二〇分のあいだには、つばも出てきて飲み込みたくなる――このときが問題だ。

つばを飲み込むときは一瞬気道がさえぎられる。

その一瞬が、こわい。

二度と気道が開かなかったらどうしようという恐怖に、誰しもが襲われる。生き埋めになるかのような感覚。二〇分が、とほうもなく長く思えてくる。

苦しい。

地獄だ、とハルは思う。

アンドロイドをつくるなんて言ったばかりに、ユキが離れていき、こんな目に遭う。選ばれし者の栄光にあずかっているはずなのに。

くそったれ、絶対にユキにも社長にも、俺の正しさをわからせてやるからな――と怒りがわいてきたところで、作業は終わる。

型どりから解放され、工房を照らす蛍光灯の明かりが目に刺さる。

何人ものスタッフの姿が目に入り、「おつかれさまでした」「大変だったでしょう」と声をかけてくる。マネージャーが、愛飲しているメーカーのスパークリングウォーターを差し出す。

そして気づく。口からでも、鼻からでも、好きに呼吸できるということに。

水も、つばも、自由に呑み込める。たった数十分の儀式ではあったが、生まれ変わったようなすがすがしさだ。

この作業は、アンドロイド制作におけるイニシエーション、子どもが大人になるための通過儀礼のようなものだ。こうした過程を経て、誰かとそっくりな姿かたちをしたアンドロイドは誕生する。

本人が肉体的に苦しいのは、この工程だけである。

あとは、本人の動きや歌を細かく再現していくために、造形、機械、電機、人工知能のエキスパートたちと打ち合わせを重ねていくことになる。その過程でほとんどの人間は、型どり作業のときには最悪だったアンドロイド制作に対する印象を、徐々に好転させていく。

子どもが成長するように、アンドロイドは少しずつ完成へと向かう。オリジナルである本人に、似てくる。

それはハルにとって、作曲し、アレンジし、楽曲を打ち込み、録音し、マスタリングしていく作業と感覚的に近いものだった。

ミュージシャンは、細かな作業を膨大に積みかさねることで作品をしあげる。アンドロイドを調整していくプロセスは、彼にとって作品をつくることそのものだった。

時間を費やせば費やすほど、彼はアンドロイドに愛着がわき、また、音楽活動にどう活かすかのアイデアが浮かんできた。型どりの苦しみは、「産みの苦しみ」だったのだ、と思う。

——こいつはおそらく、ユキの喪失を、ユキとはちがったかたちで埋めてくれる相棒になる。そうするしかない。

時間が経てば、あいつもわかってくれるはずだ。いつか、自分とアンドロイドとユキの三人で活動してもいい。

録音スタジオに招き入れた完成品のアンドロイドと対面しながら、ハルは妄想を膨らませた。

＊

三一歳のハルには、サクラとジュンという息子がいた。

彼は二〇歳で最初の子どもを授かり、結婚をし、すぐに離婚し、再婚をし、また離婚した。二人の息子は腹違いだ。

二度の離婚は、彼のした浮気が原因である。初婚の平均年齢が三〇歳手前、子どもを持つのは三〇代に入ってからという晩婚化・晩産化が進んでいた時代に、彼は若きパパでもあった。

ハルは息子たちを溺愛し、仕事場では絶対に見せないやさしい顔を、子どもにだけは見せていた。親権はともに母親にあり、彼は月に最大で四日だけ会うことができた。

ハルは長男サクラの一三歳の誕生日のお祝いに、父子ふたりで住まいから片道一〇時間かかる離島へと、小旅行をする。

初夏の、快晴の日だ。二時間も歩き回れば一周できるようなその島は、観光客も含め、人の姿はまばらである。午後の日射しに心地良さをおぼえながら、ふたりは浜辺に並んで腰かけ、話をする。サクラは成長が早く、ハルは童顔だったから、親子というより年の離れた兄弟のようだった。

「父さんのアンドロイド、また話題になってるね」

サクラはハルの機嫌を損ねると知っていて、あえてぶつける。

ハルは手元の砂をめいっぱいつかんで、適当に放り投げる。風が吹き、砂はさらさら流れる。青空が、やけに高く感じる。

「そうらしいな」

ハルのアンドロイドは〝ハル2〟と名づけられ、大成功をおさめた。

ハルはハル2と組んで、人間とアンドロイドとが共演する史上初のツアーを行い、注目された。その後、各国から「ハル2のソロ公演」をオファーされ、ハル自身は裏方へとまわってプロデュースに徹し、これまた絶賛された。

ノウハウが蓄積され、ハルなしでも稼動可能になってしまうと、ハルはハル2を使った表現がつまらなくなってきた。

そこに、アメリカのショービジネス界では知らぬ者のいないジャック・ウェストから、ハル2とコラボレーションしたいという申し出があった。

ハルは快諾する。

コラボが成功すると、ハルはジャックの会社にハル2のマネジメントをしばらく任せることにした。自分では引き出すことのできないアンドロイドの可能性を見つけてくれるのではないか、と思ったからだ。

「最近じゃ、俺の新曲よりも、誰かとアンドロイドがコラボした曲のほうがうけている。俺のＳＮＳには毎日『ハル２は本当にすばらしい』という感想が飛んでくる。この調子なら、サクラやジュンに将来かかる学費だって、あいつが稼いでくれるだろう。俺の老後も安心だ」

アンドロイド・アーカイヴ財団との契約上、ハルがハル２の所有権を手放すことはできない。

だが、この時期はまだ、使用権を本人以外に委ねることができた。ハルの動きをコピーするだけでなく、財団の管理が及ぶ範囲では、新しくプログラムを追加することもできた――本人の動きの特徴を反映していないプログラムは許諾されなかったが。

ハルはジャックの会社と「儲かった分だけフィーはもらうが、好きに使ってくれ」という契約を結んだ。ハル本人にいちいち許可を取らずとも、ハル２はあちこちに露出し、活動できる。

アンドロイドの使い方に対するハルのチェックが不要になると、ジャックはハル２を男性アイドルとして売り出した。

ある種の若い女性たちの理想像を体現するしぐさや振り付け、歌唱を誇張した。それはハルが無自覚に備えていた魅力だった。しかし「ミュージシャン」として認められることを何より望んでいた本人は決して強調してこなかった部分である。その路線が、うまくいきすぎた。

　サクラは目の前にいるハルの自嘲めいた口ぶりを見て、そしてハル2の露骨なまでのあざとい仕草を思いだし、「こんな父親じゃなかったはずだ」と反発を覚えながら、黙って聞いている。ユキとの決裂を選んでまでアンドロイド化を決めたときには、あんなに意気込んでいたのに。

「すまん。お前の誕生祝いの旅行なのに」

　不満を漏らす親の姿は喜ばしいものではない。ただ、父親がふだん見せることのない弱い部分までさらけ出してくれていることを、サクラは嬉しく思ってもいた。

「誕生日のお祝い、何がいい？」と聞かれて、父親とふたりで旅行をしたいと言ったのはサクラである。ハル2の活躍に対して父が焦り、イライラしているのを見かねて、誘ったのだ。とはいえ中学生が、親の人生について何か言えることがあるわけでもない。日常の喧騒を離れればリフレッシュできるかもしれない、と思ったまでだ。

「聞きたかったんだけど、父さんはなんでハル2を止めないの。あんなの、父さんじゃない。あんなロボット、ぶっ壊せばいい。俺、あいつ嫌いだよ」

　サクラは学校でクラスの男子から「お前の父ちゃん、気持ち悪い」とハル2の過剰なセックスアピールについてバカにされていたのだ。

「それは違う。たとえばサクラやジュンが何かすることを、父さんは止められないし、止めるべきじゃないだろう？　それと同じだよ」

「？　何言ってるの？　俺らをロボットと同じ扱いしないでよ」

父親の自己中心的な言動にはカチンとくることがあったが、実の息子を機械と同列にするとは、さすがにひどい。

「サクラがロボットみたいだなんて言ってない。そうだな。作家にとって、自分の作品は子どものようなもの、ってよく言うだろ」

「？　でも、俺は曲じゃないし」

「今までは違うと思っていた。作品はコントロールできても、子どもは親がコントロールできるものじゃない。そう思ってきた。でも、アンドロイドはまさに子どものような作品だった。そう、なってしまった。できあがってから、わかったんだ。父さんの意図や願望を超えて、ハル2は勝手に人々にとって意味をもつ存在になった。驚いたよ。父さんが求められているんじゃない、ハル2が求められているんだから。だけどハル2は、父さんのコピーのはずなんだ。つまり父さんでもいい、いや、父さんのほうがいいはずなのに、ハル2にオファーが来る。これは不思議だし、負けてるみたいで悔しい。でも、こういう状態を放っておいたらどうなるのか見てみたくもあるし、あいつに絶対勝ってやる、って闘志が燃えてもくる。だから、好きにさせてるんだ」

「？　何言ってるのかわかんないけど……。じゃあ父さんは、僕やジュンにも負けたくない、って思ってるの？」

ハル2が自分たちと同じだ、というのであれば、そういうことになる。

実はサクラは、自分もシンガーをめざすと、この旅行のあいだに、父に打ち明けるつもりだった。

有名すぎる父を持ったせいで小さいころから「君も音楽やるの？」と言われて来たサクラは、比べられるのがイヤで「絶対やらない」と、長らく周囲にも、ハルにも公言してきた。ハルも「音楽をやれば、何をしても父さんと比べられる。お前は違う道を行け」と言い続けてきた。

しかし、父に似て負けず嫌いのサクラは、徐々に「だったら親父を超える存在になってやる」と思うようになっていたのだ。

もしや父がハル2に対して感じているのは、今の自分が父への対抗心を抱いているのと、同じことなのでは。だとしたら、自分がハル2よりもすごいやつになってやる。そうしたら自分もアンドロイド化される栄誉を得て、後世まで聞き継がれるミュージシャンになれるかもしれない。

サクラは父と同じく「自分が永遠の存在になる」ということに憧れを持っていた。

「サクラたちに負けたくない……？　負けたくない、ではないかな。ただ、手本でありたいとは思っている。ああいう大人になりたくない、とか、あんな父親にはなりたくない、とは思われたくない。それには、サクラやジュンより先に行ってないといけない」

言いながら、ハルはアンドロイドの輝きを見て、腐っていた自分を恥じる。

背筋を伸ばさなければ。自分はやれる。やれる人間だ。そう信じて突っ走ってきたはずじゃないか。その自分を取り戻さなければいけない。アンドロイドに奪われた輝きを。

過去のヒット作が、いま現在、かつてのような反響を呼び起こせない自分をみじめなきもちにさせることは、歌手や芸術家にはよくある事態である。

過去につくった自分の代表作が、現在の自分の壁となる。

乗り越えたくても、乗り越えられないように思えてくる。全盛期の肉体、知力、創造力が失われていったあとで、人はいかに自尊心を保ちながら生きていけるか。

ふつうであればもっと老いてから襲い来る心理的な恐怖に、ハルは自分のアンドロイドをつくることで直面させられていた。自分の分身は支持され、自分自身はそれよりも支持されない。これからも、ずっと?

自分自身のアンドロイドがあることが、老いを明確に意識させる。ひとりで生きていれば、日々、年を取っているということを忘れるときもある。しかし、常に比較対象がある環境に置かれるのだ。

アンドロイドに生身の自分がどんどん引き離され、疲れて身体が重くなり、もう追いつけない。そんなヴィジョンが、何度もハルの脳裏をよぎる。

——たしかにアンドロイドのおかげで、作品はのちのちまで残る気がする。俺はそれを望んでいた。嬉しいはずだった。なのに、もやもやする。俺の気持ちが置いていかれている。ハル2は俺なのか？　俺の作品なのか？

ハルは葛藤していた。

ハル2は、社会的にはハルそのものだった。社会に、全世界に、より認知されたのはアンドロイドのほうだった。

このままでは、アンドロイドにぶら下がって生きている寄生虫のように見られるんじゃないか？　いつか、自分のほうがお払い箱になる。

ハルは、恐怖を抱く。

他人にとっては、ハル2こそがハルだ。

それは彼自身、わかっていた。少なくともハルの一部だと思われている。だが違和感があった。「これじゃダメだ。違う。いやだ。今の状況がいやだ。いやだ、いやだ、いやだ」……息子を横にして、ハルは内心、子どものように思う。

「変えなきゃ。自分を。ハル2のイメージから、離さなきゃ。これじゃあ、ユキの不安が的中したって認めるようなものだ。それはまずい。ハル2にも負けたくないが、ユキにも負けたくない」

思わず口に出ていたハルの言葉を聞き、サクラは複雑な表情をする。

ハルとユキの確執は、サクラたちも知っていた。ユキはハルの息子たちとも仲がよかった。両親の仲が険悪になり、二度の離婚騒動があったとき、心のケアをしてくれたのはユキだった。サクラたちには、ユキ側の情報も入ってきていた。サクラはアンドロイドなんか倉庫にでもぶち込んで、ユキとまた組んだほうがいいのに、と思っている。

「ああ、サクラはユキの歌が好きだもんな。よくマネして歌ってるよな」

サクラはユキの歌い回しの特徴をよく捉えていた。

『しかしそんなモノマネの才能があったところで、いったい何になるというのか……いや、そうとも言えないか。ハル2は自分のモノマネによって稼いでいるのだから』

息子が「ハルノユキ」の活動再開を望んでいるからと言って、自分の信念を曲げるわけにはいかない、とハルは思う。解散してからユキとは連絡を取っていない。ただ情報はイヤでも耳に入ってくる。ハルは、またユキと話してみたいと思い始めている。

『ハル2ができるまでは、あいつが何をおそれていたのか、実感できていなかった。それがわかった今なら、ふたりでハル2を超える何かができるかもしれない。そうやって、サクラに、ジュンに、親として背中を見せなければ』

サクラとの対話を経て、ハルはそう思う。女遊びももうやめだ。

人生は短い。

自分もユキのようにストイックに、音楽に生きてみよう。

ハルは生まれ変わろうと決心した。

しかし、彼には時間が与えられなかった。

突然の大地震、そして津波が、浜辺にいた彼らを襲う。高台に逃げる途中で、父子は呑まれた。

最期の瞬間、ハルが何を考えていたのかは、わからない。

＊

ユキは、ハル2と追悼公演を行った。

かつてハルのアンドロイド化を知った日にも立ったホールは、今日も満員だ。

マスコミにもファンにも、ハルのアンドロイド化をユキがイヤがったせいでハルノユキが解散したことは知られていたから、ユキの決断にどよめく声も少なくなかった。

ハルの死によって、ユニットを休止したとき同様にいくつもの感情がうずまき、ユキは「ハルノユキ」再始動を決断する。解散から三年目の出来事だった。

あれだけ言っておいてなぜアンドロイドと組むのか、という声は当然あった。ユキ自身、考えた。そもそもユキは、ハルのアンドロイドに本能的な嫌悪を抱いたから、遠ざかったのだ。

——ハルノユキでは、自分はいつも二番手扱い。ハルばかり注目されて腹が立つ。自分がハルを独占したかったのに。横から入ってくるやつは許せない。ハルは女をとっかえひっかえする人間だから、恋愛で彼の気を惹くことはできない。音楽上のパートナーになれば関係が途切れることはない。そう考えて人生を捧げてきたのに、アンドロイドに浮気するなんて。父を苦しめた、アーカイヴ・アンドロイドがまた立ちふさがるなんて。老いないハルのアンドロイドが近くにいたら、老いて歌も動きも劣化していく私の心は耐えられない。

……どれもユキにとっては本心だった。

それらがぐちゃぐちゃに絡み合い、ハルのアンドロイドの登場を拒絶した。ハル2が爆発的な人気を呼んだあとも、ユキの心は嫉妬と闘争心にまみれていた。「アンドロイドと共演の予定は?」などと無神経に訊いてくる人間に、腹立たしい思いもした。

ハルは私を「音楽で一番にしてやる」と言っていたくせに、私より先にアンドロイドを一番にしてしまった。ユキはそれがくやしい。

だがハルが死んだ今、感情の砦は崩れ去った。「論理的に考えて」、ハルノユキ再結成という選択が正しかったかどうかは、やってみればわかる、とユキは思う。ファンはいま「ハルノユキ」の曲を聴きたがっている。

ユキ自身がもう一度、歌いたかった。その衝動に身をゆだねたまでだ。

ハル2は、ハルがユキと組んでいたころの動きを完璧に再現できた。ユキが驚くほどに。

その歌、そのダンスは、ハルとステージですごした幸福な日々を思い起こさせてくれた。

アンドロイドは、ハルとの思い出そのものだった。

ほんの三年前まで存在していた時空が閉じ込められた、記憶の箱。

あれほど拒絶していたアンドロイドは、しかし、ただのマシーンではなかった。

「この子を大事にしよう」

ハル2には考えを一変させる力があった。その音楽が、パフォーマンスが、受け手の胸に響くものであれば、それでいい、と彼女は思う。

ユキは自分の活動を人々に認めてもらいたいという、ごく当たり前の感性を持っていた。

ハル2と共演するまでは「そんなものはない」と自分にウソをつき、胸の内側にしまい込んでいた。

ハルの死によって、ユキの封印は解かれた。

やはりハルの曲は、歌は、いい。誰かがプロデュースしたハルではなく、ハル自身がつくったハルの音楽もまた、再び人々に認められてほしい。

「自分が生きているあいだは、ハルの音楽が後世に残るように尽くすよ。そのために、ハル2にもがんばってもらうね」。

ハル2の歌は毎回同じはずなのに、会場が違い、ユキの体調やテンションが違うごとに、違って聞こえた。それは会場の広さ、反響、温度や湿度に応じて歌がもっともよく響くよう自動調整する技術の産物だったが、ユキにはハル2がシーンに合わせて感情を込めて歌っているように思えた。

あの日、社長室でハルが言ったとおりだった。

曲の聞こえ方や解釈が、少しずつ変わる。作曲したときにハルが考えていた以上のことが、彼が作った曲には眠っていた。いい曲とはそういうものだ。さまざまな解釈を引き出し、聴く者が自分の人生に引きつけて感じ入ることができる。やっぱりハルはすごかったんだとユキは思う。

ハルと離れてからのユキは、手ごたえを得る活動ができていなかった。

「ハルノユキ」時代以上に話題になることはなかった。

自分の能力の限界を低く見積もりがちな彼女には、力を引き出す優秀なプロデューサーが必要だった。メンタルが複雑な彼女の機微を見据えて提案できる人間は、現れなかった。だが、セルフプロデュースも考えた。しかし、ユキは歌うことはできても、作詞や作曲は、人並み以上にはできない。「師匠のコピーでしかない」と揶揄された落語家の父を持つユキは、オリジナリティやクリエイティビティなるものに、こだわりがあったのに。

だからハルに求めた。

ハルはシャーロック・ホームズであり、自分は助手のワトソンにすぎない。

ユキはハルが亡くなって、やっとそれを認めた。ワトソンにはワトソンの役割がある。そしてホームズがワトソンの役割を果たすことはできない。ワトソンはホームズのよき理解者であり、世間との仲介者でもある。ワトソンという媒介者がいなければ、ホームズの才能は、時に空転してしまう。ふたりがともに歩むから、事件は解決に向かう。ホームズは亡くなったが、そのコピーはいる。コピーを通じてホームズのすごさを知らしめる、ホームズと伴走することが、自分の役割なのだ。

「コピーにはコピーの意味がある」

ユキの父はそう言った。おそらくは父が考えていたものと一致はしていないのだろうが、ユキにもその言葉の意味がわかった気がした。

ユキは、ハルの音楽が好きだった。「ハルの歌を聴いてほしい」という欲望に忠実に生きることにした。

彼女は公演の前後、ハル2を何度も力強く抱きしめる。

ハルとは、音楽賞を獲ったときに数回しただけだ。ハグの感じは、本物とは違う。それでもユキは嬉しい。ハルと、もっとしたかった。いっしょにいるという感覚を、密着する腕や、胸の感触で、分かち合いたかった。

生前のハルを嫉妬させ、ユキに対抗心を燃やさせたアンドロイド・ハル2は、ハルが死ぬ前も死んだ後も、姿かたちを変えたわけではない。

だが、ハルに近い者たちに呼び起こす感情を根本的に変えた。

追悼公演のMCには、あの島での惨事から奇跡的に生還したサクラが、ハル2に〝入った〟。

ハル2には、人間が日常的に会話するような機能、いわゆる自然言語処理を行う人工知能は搭載されていない。したがって、しゃべらせるには、遠隔操作によって誰かが入らなければならない。サクラが話した言葉は、すぐさまハル2の口から出ていく。サクラは必死でハルになりきり、ハルとして人々に話しかけた。

在りし日を思わせるその姿に、往年のファンは感動を覚えた。

それは、サクラも同じだ。

ぶち壊せばいい、消えろ、とあれほど呪っていたアンドロイドだが、ハルの死後に間近で見たときには、父親が甦った気さえして、涙を流した。ハルをもういちど見たいと願う人のために、この公演でハル2を使ってハルになることを申し出た。

サクラがサクラとして観客に語るのは、公演のラスト十分ほどだけだ。

「この日のために、ハル2の操作を、何度も練習しました。こうやって、父さんのからだに入って、父さんとして話をしていると、しゃべっているのが自分なのか、父さんなのか、ときどきわからなくなりました。俺以上に……ユキさんが」

会場とユキが笑う。

「あんまり似ているから」

ユキの本心だった。「なりきり」がうまいほど、対話相手を錯覚する。死んだ人間が、あたかも生きて目の前にいるような気持ちになる。

「俺は今日、父さんになりかわって、天国にいる父さんがみなさんに言うだろうな、と思うことを言わせてもらいました」

特定の人間そっくりのアンドロイドは、死者の代弁にも使われた。

死者が語ることはない。残された者たちが「こんなことを言ってほしい」「こうあってほしい」と願っていることを、勝手に吐露するだけだ。

ハルの本心がどうであったかなど誰も知らない。知りようもない。

「俺と弟は、本格的な反抗期になる前に父親を亡くしてしまったから、親離れできずにいます。物理的には遠く離れてしまったけど、離れたくない、という思いのほうが強くあって。それにハル2を眺めていると、父さんの心はこのハル2の体の中にある気がしてくるんです」

遠隔操作されたハル2が、胸に手を当てる。

「父さんと、もっといっしょにすごしたかったし、いろんな言葉をかけてほしかった。だから俺たち兄弟は、父さんに言ってほしいことを、このアンドロイドにときどき言わせています。自分で言ったことがハル2の口から出ていくわけだから、バカバカしい光景です。でも、父さんの声は、とても説得力があって、勇気をくれるんです」

特定の人間に似せたアンドロイドが家庭に導入できるくらいに安価なものになるのは、だいぶ先のことだ。だから彼らのような使い方は、まだ一般的ではなかった。のちには、遠隔操作型アンドロイドに言葉をオウム返しにさせるというセルフセラピー、あるいは親を早くに亡くした子どものために親の似姿をしたアンドロイドを与えることの効用が、学術的にも認められるようになっていくのだが。

「では最後の曲です。おいで、サクラ」

ステージ上にユキ、ハル2、そして姿を現したサクラが並ぶ。ユキが口上をつづける。

「ハル2と私たちで作った、新曲です」

サプライズに、会場がざわめく。

生前のハルが、ハルノユキ用に書いていた未発表曲だった。

のちにこの曲は「ハルノユキ」がリリースした楽曲のなかで、最大のヒット作となる。

その日、ハル2のライブに涙したファンは少なくなかった。

一方で、会場にいた誰も、死ぬ直前のハルの気持ちに想いを馳せることはなかった。

＊

ユキが亡くなるまでの約四〇年間、ユキとハル2、サクラによる、ハル追悼と被災者支援チャリティを兼ねたコンサートは年に一度、継続的に行われた。

ハルの次男ジュンは技術者となり、ハル2のサポートに携わった。

晩年のユキは、ハル2との共演は「青春が甦る、幸福な時間だ」と語っていた。彼がいつまでも若くいてくれることは、最高に嬉しい、と。サクラは「あなたは父親によく似ている」と言われるのが嬉しかった。父のアンドロイドの方が、自分よりも自分らしいと思うことすらあった。

アーカイヴ・アンドロイドをつくって半世紀経つと、その管理を行うAA財団は本人や遺族からアンドロイドを回収する。

ハル2はいまもAAのミュージアムに展示されている。AAミュージアムは、現在に至るまでの観測史上最大級のハリケーンと、反アンドロイド主義者の襲撃によって、二度にわたり壊滅的な被害に遭った。

だが、バックアップデータからすべてのアンドロイドが完全な復元を果たしている。

ユキやサクラは、アンドロイド化されることはなかった。
作品が歴史に名を遺したアーティストはハルだけである。

石黒教授と三人の生徒　2

エリカ、ナカガワ、ナツメの全員が読み終わって感想をメモしたことを確認し、私は夏期特別ゼミナールのディスカッションを始める。

「最初に言っておくと、私が君らにしてほしいのは、単純におもしろいかそうじゃないかみたいな話ではないです。たとえばこの話から『アイデンティティってなんだろう』ということを考えてもらいたいわけです」

ナカガワとナツメは黙って考え込んでいる。というより、様子見か。

「じゃあ、イシグロ先生、アタシから話すけど……あのさ、自分で思っている自分と他人から見た自分って、こんなにズレてるものなの？　ハルさんはちょっと特殊なんじゃない？」

エリカの発言を受けて、ナツメが食いつく。

「しかし……僕自身のことを考えてみるに、自分のことを意外と知らない気がするのです。そして他の人も、私のことをよく知らない。もちろん、人間は個性の動物です。個性を滅すれば、人間を滅するのと同じ結果になる。けれども、にもかかわらず、僕は僕を、そして他人も僕を『十分に知っている』と胸を張って言う自信がない。ひるがえって先生の問うた『アイデンティティとは何ぞや?』ということへの答えは難しい」

「アンタね、そんなの、自分も含めてどんなひとだって、アンタのことをすべて知ることができるわけないじゃない。人間、完璧じゃないんだもの。断片的な情報から勝手にイメージつくってるだけよ。それともアレ? 『本当の自分』みたいな自分探しなんかしてるってこと?」

ナツメは数秒黙考していたが、「それは否定できないかもしれない」と言ってうなずく。

「そんなの考えたって、しょっぱい思いするだけよ」

エリカは、自分もその手のことはさんざん考えてきたといった態度で口にする。

中学生らしい悩みである。

金髪アフロ頭のナカガワは、エリカとナツメのやりとりを聞いたまま、まだ無言でいる。彼のめざす芸能、エンターテインメントの仕事の話だが、ピンとこなかったのだろうか。あるいは、そうであるからこそ考え込んでいるのかもしれないが。

「先生……暑くねえか? 俺、暑いと頭が働かないんだ」

ナカガワはあさっての方向からコメントすると、窓を開けに席を立つ。この校舎には空調設備がない。

「ちなみに」と私は切り出す。

「このお話に出てくるような特定の人間そっくりに作ったアンドロイド──私が作ったものの名前で言えば『ジェミノイド』は、いわば自分の鏡みたいな存在ですけど、実際には鏡と違うところもあります。それは『左右が入れ替わるかどうか』です。意味わかるかな？　鏡で見ている自分は左右反対の自分です。だけど、ジェミノイドは左右そのままに正確にコピーされている。そうすると逆にね、どこか自分と違って見えるんですよ」

「えっと、見慣れてないからってことよね」

「うん。もちろん、『自分だ』ということは、わかるんですよ。だけどそれまで鏡で見てきた自分とは違うから、少し他人のようにも見える。双子の兄弟を見るような感じかな。まわりの人は『すごくよく似てる』って言うんだけど、本当にどのくらい似ているかは、自分の目で見てもわからない」

「……その理屈で言うなら、鏡で見えにくいところも見えるわな。後頭部とか」

「ナカガワくんの言うとおりです。自分に似た顔の後ろ側に、それまでちゃんと見たことのない後頭部があるわけです。そうすると、なんだか自分自身に対して新しい発見をしたような気になるんですよ」

「僕なりにそこから『アイデンティティとは何か』に引きつけて言わせてもらえば、人間は自分のことを正確に認識できない——ということですか？」

「そうだろうね。見た目も、顔も、動きも、クセも、自分では意外とわかっていないんですよ。クセなんてすごく『その人らしさ』を体現しているものだけど、大半の人間は自分のクセを意識していないでしょう？　他人の方がよく知っています」

「はあはあ。ジェミノイドがそれを気づかせてくれるってわけか」

「私からみんなの意見を聞きたいんだけど、その人の外見や顔は『アイデンティティ』を構成するものだと思う？」

「それはそうでしょう。ただ……ハルさんは顔で売っているミュージシャンというつもりはなかった。本人は。音楽の才能で評価されていると思い、こだわっていた。だから、外見や顔だけで決まるとは言えない。自己は、過去と未来の連鎖ですから」

「アタシはそれ疑問があるのよね。女のファンがハル2に反応していたのは、ハルさんが無意識にやっていた官能的なパフォーマンス部分だったわけでしょ？　そこを取り違えちゃいけないわ」

ナツメが再反論する。

「しかし、そういうパフォーマンスは、本人じゃないプロデューサーが強調して作ったところでしょう?」

「だけどアンタ、プロデューサーが演出とか脚色したものを『そのアーティストのキャラクターだ』なんて思い込むのは、よくあるじゃない。そういう『作られた』ところも含めてのアイデンティティでしょ?」

「私からもう一個訊こうかな。ハルとそのまわりの人たちの振るまいや態度は、人間の記録媒体としてアンドロイドを作る前には起こらなかったことかな? アンドロイドの登場は、何を変えたと思います?」

三人は考え込む。窓から、涼しげな風が吹いてくる。

「単純に音楽を録音したものなら、この時代より前からあるわけよね」

「エリカさん、動きはともかく、見た目そっくりなものを残すだけのものも、古代ギリシャの昔からありますよ。オリンピックで優秀な成績をおさめた人は彫刻にしてもらうことで名前と姿が永遠に後世に残る名誉を得られたと言われています」

「そうね。私から補足させてもらうとね、ただ、動くアンドロイドと動かない彫刻や人形との違いは決定的なんです。アンドロイドには、さまざまなセンサが取り付けてあります。そしてたとえば音がしたり、触れられたときには反射的に振り向く、といった動作が実装されています。反射的に動くことは『人間らしい』動きのひとつだからです」

「アタシ、いい？　でもさ、見た目と動きと才能？がいっしょになるとまた別じゃない？　そんなのがリアルにこの空間にあるのよ？　アンドロイドってなんかもっと存在感がある気がする」

いいところを突いている。

「そう。『見た目』とか『声』とか、特徴を一コだけコピーしたものより、二コ以上組み合わせたもののほうが、存在感は膨らむんです。その話は次に読んでもらう作品にも出てきます」

「んー、先生が言いてえのは、つまり、複数の特徴を一挙にコピーして再現できるものがアンドロイドだと。だからそこには音だけとか動きだけのものより、アイデンティティが宿って見える」

「そうです」

「それで言ったら、俺は師匠のマネをしていたユキの父親とか、ハルのマネをして遠隔操作で入っていたサクラにとってのアイデンティティって何なのかの方が気になるな」

ハルは自分自身と、自分のコピーであるアンドロイドの差に悩まされた。しかしハルの息子であるサクラは、アンドロイドであるハル2を使って、ハルになりきろうとした。アンドロイドとアイデンティティの距離は、使う人間によって異なる。

「アタシに言わせてもらえばだけど、サクラは父ちゃんの栄光にタダノリしてるだけじゃない。ああいうの嫌い」

「でも、エリカさんは亡くなった父上の保険金でこの学校に通っているわけですよね？　死んだ親に依存しているという意味では、サクラくんと同じではないんですか？」

おしゃべりなナツメが悪気なくエリカに言い、彼女は言葉を詰まらせる。

「わりいけどそこはスルーさせてもらって話を戻すけど……俺は演者だから、サクラがたぶん抱いていた『別人になりたい、なりきりたい』って気持ち、わかる気がするんだよ。だけど、じゃあその、自分を捨てて他人にトランスしきってみたいと思っている俺のアイデンティティってなんなんだろう？」

助け船のようなナカガワの発言にエリカが早速乗ってくる。

「でも永久に他人になり続けたいわけじゃないでしょう？　自分っていうベースがあったうえで何かを演じたいんじゃないの？」

「いや、自分を消し去って他人になりきってみたい気持ちもゼロではない。俺は」

ナツメが少し驚く。

「ナカガワくんは……意外と重たいことをさらっと言いますね」

「他人を演じるより、自分を演じるほうが難しい」

ナカガワの真顔の発言を、エリカが茶化す。

「いやいや、重たいっていうより中二病じゃない？　その発言は？　アンタそういうキャラじゃないでしょ？」

「だから、自分を演じるほうが難しいって言ってんだろ」

ナカガワの返しにエリカは「あ……」と一瞬呑まれる。

「……しかしアイデンティティが何で構成されるのか、定義を考えないといけなさそうね。アタシ、ばかだからわかんない。ナツメ、アンタ頭いいんだから考えなさいよ」

「僕ですか？　しかし、僕の関心は僕の関心で、別のところにあります。僕は継承される側のことを考えてしまうのです。これまで僕は親からずっと言われてきたせいでなんとなく『伝統は重んじられるべきだ』と思ってきましたが、ハルさんの例のように、遺された人間たちが勝手に解釈して祭りあげてきて継承されてきたものも少なくないのだろうなと思うと、原義・原点に立ち返って検証しなくてはいけないのだなと反省しています。たとえアンドロイドが精巧なるコピーだとしても、何を意図したものなのか、そこに第三者の意思や演出が介在していないかを見極めなければ、本当の核がなんだったのかはわからない」

「っていうか、あのさ先生、こんな感じでいいわけ？　好き放題しゃべってるけど」

「全然かまわないですよ。それぞれの関心に沿って議論を深めていってもらえればいい。君たちの進路、人生を考える補助線として、この講座はあるわけだからね」

対話は続いていく。

＊

「宿題として、考えてみてほしいことがあります。僕がつくった初期のアンドロイドにジェミノイドFというものがあります。ジェミノイドH－1というのが僕のコピーだけど、Fはある女性のコピーです。このFを女の学生が遠隔操作すると、自分の身体がロボットと同化してくるような感覚になる、と言うんです。じゃあね、そこにFを見に来たおじさんがあらわれて、Fの胸をさわったとすると、それはセクハラなのか、犯罪なのか」

「犯罪かどうかはわからないけど、キモイわね」

「じゃあ男が女性型アンドロイドであるFを遠隔操作していて、オッサンが

Ｆの胸を揉んだらどうかな？」

「僕が思うに、それもアウトな気がします」

「さらに言えば、興奮してＦをさわったひとは、誰に対して責任を取るんだろう。遠隔操作している人ですか？　それとも、Ｆのモデル？　Ｆの身体は誰のもの？　あるいは、君らが自転車に乗ってて、その自転車にすりすりしてきた変態がいたら、それは自転車というモノを君らが自分の身体だと思っているから気色悪いと感じるのかな？」

　身体とは、自分とは何か、どこまでか。

　オッサンがＦの見た目に欲情したのだとしたら、その見た目を持たない遠隔操作者が不快に思うとは、どういうことなのか。

「そういう持論をレポートにして提出してください。もちろん、次回扱う作品も読んできて、しゃべりたいことをまとめておいてください。さて次回、第二回目のテーマは、コミュニケーション・メディアとしてのロボットと人間の想像力です。そこから『人間とは何か』『自分とは何か』を考えてください。いいですか？」

遠きにありて想うもの　See No Evil

使うべきか、使わざるべきか。

小高い山にある質素な一軒家に住まう老人は、筋トレしながら沈思していた。

カズオは、春先の梅の木のようなたたずまいをしている。

身長は一九〇センチメートル。年のわりに筋肉質。

超高齢化社会が進行し、国民の医療費が高騰、社会保障費を圧迫し続けて以降、政府は予防医療に力を入れ、国民に日々の食事管理や定期的な運動を推奨していた。カズオはそれとは無関係に、身体を動かすのが病的に好きだった。

彼は、金属加工を請け負う町工場の職人的な技術者として半世紀以上働いた。

職人の技術をモーションキャプチャし、彼らがどのように五感を駆使しているのかを無数のセンサを使って情報を収集して解析、機械で再現できるようにする。職能のしくみ化、ＩＣＴ化、ロボット化。それらは農業でも工業でもサービス業でも行われてきた。どの業界でも、作業のデータ化、数値制御がされてきた。

カズオは高度な手仕事をコピーされる側だった。産業用ロボットをいじくり、一ミクロン単位の精度が求められるものづくりのコピー精度を微調整する。

それも今は昔。金属を削る高音も、そのときに発する独特の匂いも、記憶の中にある。現在は、リタイアの身だ。

彼は、一〇歳になる初孫、息子の息子にあたるユイに、「テレノイド」を置いていかれた。仕事については熱心だったが、専門バカの彼は、コミュニケーション用ロボットのことはよく知らなかった。

ユイは、直接対面で話すとどもってしまう。だからテキストメッセンジャーや音声通信デバイスを用いてのコミュニケーションを好む。変わった子どもだった。

だからへんてこなロボットを使ってコミュニケーションしたいと言ってくること自体には、不思議はなかった。しかし、テレノイドという通信デバイスは奇妙すぎ、カズオには抵抗があった。

手狭な自宅のリビングでソファに座りながら、カズオは能面のような外見をしたロボットについての情報を、筒状の音声アシスタント装置に読み上げてもらう。

「テレノイドは、人間としての必要最小限の『見かけ』と『動き』の要素のみを備えた通話用のロボットです。人間の頭部から胸部くらいまでをかたちどっています。利用者は、このやわらかな形状をした端末を抱えながら、声を通して相手と話します。対話相手の姿を見ることは基本的にはできません。オプションでカメラを付けることはできますが、推奨されていません。一方で、テレノイドを操作している人間は、ロボットに付属するカメラで撮影され、向こうからは姿が見えた状態で話をするのが通常です」

ダンベルを持ち上げながら二度くりかえし聞いたが、カズオにはイメージがなかなか湧かなかった。今度は動画で追加の情報も調べてもらうことにする。

「テレノイドが動くのは、主に目と首と手のみです。モータは八つしか備えていません。見かけが簡略化されているため、動かす部分もそれに応じて最小限に動くのみです。販売されている機体のバージョンにもよりますが、表情も基本的には動きません」

アシスタントが続ける。

「テレノイドのデザインは、人間が対話において最も重視する目を中心に、体の末端に向かうにつれて特徴が消えていくようになっています。一目で『人』だとわかると同時に、男性にも女性にも、あるいは幼い子にも高齢者にも見える外見を意図しています。明らかに人間に見えますが、具体的な『誰か』に見えるような特徴は持たされていません。『人との対話に必要な要素だけを備えた人間』、それがテレノイドなのです」

動画で使用例を観ても、奇妙だという印象は変わらない。カズオはダンベルを置き、目の前のテーブルに据えていたテレノイドを持ち上げてみる。

このロボットには、子どものような小型のボディが採用されており、簡単に抱えることができる。これを抱きながら通信し合うと、あたかも遠隔地で操作している知人が、すぐそばにいるような存在感を得られるのだ。アシスタントによる説明は続く。

「テレノイドは利用者に『想像によって人と関わってもらう』ロボットです。テレビ電話と比べても、対話相手のビジュアル面での情報量は無いにひとしいものです。使用者は、テレノイドを通じて聞こえてくる声から、目に見えない通話相手の姿かたちを思い浮かべます。そこに人間の想像がはたらく余地があります」

ふむ、とカズオは思う。

「使ってみないことにはわからんな。しかし……」

必要最低限の「人間らしさ」を備えた見た目とはいえ、ほとんどの人がテレノイドを使う前には「気持ち悪い」と言う。胸部から上しかないマネキンのようで、なんだか生首に近い、という感想をカズオは持った。

こんなものを使えと言う孫が理解できなかった。だが、こう宣告されていた。

「父さんが言ってたの聞いた。冗談だと思ってたら本気だった、って。僕も本気だよ」

カズオはかつて息子に「芸能の道へ進むなら縁を切る」と言い、それを断行した。勘当である。彼の世代でさえ、前時代的、反動的もいいところの選択だ。

そしていま、テレノイドを使わなかったら血縁を切る、と孫が言ってきた。

歴史はくりかえす。

孫はかわいい。

正確に言えば、施設に入るか、テレノイドを使うか、どちらか選んでほしい。どちらも選ばなければ縁を切る、と言われた。

冗談めかした態度はなかった。

「じいちゃんには僕の実験に付き合ってもらう」

誰に似たのか、生意気な口ぶりだ。と言っても、メッセンジャーで送ってきたテキストの文面では、だが。生身では目を見てもくれず、自分の口で話すこともしてくれない。それでも愛おしかった。

カズオは齢八〇を超えた身だ。筋トレを趣味にして六〇年余りの鍛え上げた肉体のつもりだが、ガタは来ている。それでも他人の手を借りるほど衰えてはいないつもりだ。背筋のひん曲がったそこらの年寄りといっしょにしてもらっては困る。

カズオの家には、ベッドがそのまま起き上がって車椅子になる移動用ロボットや、食事、排泄支援、掃除や洗濯といった家事をこなしてくれるホームアシスタントロボットがそれぞれあった。食料品や日用品の買い物はネットで頼めばその日のうちにドローンが届けてくれる。ホームドクターにも、台車にディスプレイを乗せたような簡易の遠隔操作ロボットを通じて定期的に診てもらっている。ときどきヘルパーに来てもらうか、こちらがデイサービスやショートステイに出向けば十分だ。

今さら見知らぬ誰かと共同生活など、ごめんである。悪質な老人ホームも少なくない。一方で優良なところは、入居の競争率が高いか、費用が高額か、その両方だ。もはやそれほど財産はない。息子は芸能の世界でまあまあうまくいっており、小金を持っているようだが、頼りたくはない。

となれば、テレノイドを使うことを選ぶしかないのか。

考えながら、ランニングに出る。

ランニングといっても、膝に負担をかけないていどの軽いものだ。じじくさい「散歩」だとは思いたくないカズオの認識では「ランニング」だった。

後期高齢者は、インテリジェント車椅子ロボットの利用が推奨されている。GPSとICタグによる測位機能や情報通信機能、センサによる環境認識技術を活用して自動的に目的地に辿りつくことができるものなどだ。BMI（ブレイン・マシン・インターフェース）を利用した脳波感知型車椅子を、カズオも一応は所有していた。BMIは脳の中に電極やチップを埋め込み、脳が人体へ向けて発信している電気信号を読み取り、機材につなぎ、利用者が思った通りの動作を、機材を通じて実現するものである。車椅子やロボットなどをBMIで動かすことは、当たり前に普及している技術だった。

しかし彼は、自分の足で移動することにこだわった。

春先の山は、まだ肌寒い。とくに朝は。

だが気持ちのいい空気で満たされている。風に木々がそよぎ、ざざざざと音を立てる。草や花の香りも心地よい。何より、高いところに住む利点のひとつは、見晴らしのよいところから景色を一望できることだ。

ここで彼は、何度も決断してきた。近所を歩き、山のふもとを見下ろせる休憩所で一服するのは、覚悟を決めるための儀式だった。

「こんな歳だ。いまさら何が起こってもかまうまい」

「こんな年齢になって、後悔して死ぬのはいやだ」

「ここで孫との関係が途絶えたら、孤独死か」

誰もいない休憩所で腕立て伏せをするカズオに、思いがよぎる。

ここしばらくの人生を振り返る。

仕事に生きてきた。趣味らしい趣味は、身体を鍛えること以外なかった。読書は仕事に関わるものばかり。テレビもネットも、ニュースしか観ない。世俗の情報は、なるべく入れずに生きてきたのだ。

成果はあげてきた。手ごたえも、満足もあった。定年を迎えても再雇用され続け、七四歳まで、働く場所を与えてもらっていた。

だが年上の妻が認知症になった。「私のものを盗ったでしょう」とくりかえし言いはじめたのだ。何のことかと思ったが、アルツハイマー型認知症患者に見られる典型的な症状だと、すぐに知ることになる。

妻に疑われ、攻撃されるのは生涯でもっともつらい経験となった。

妻は妻で「どうして長年連れ添った夫が自分の大切なものを奪うのか」と本気で信じていたわけだから、いま思えば苦しかったのだろう。傷つけ合わずに済むなら、そうできればよかった。カズオは逃げるようにトレーニングに打ち込み、筋肉に負荷をますますかけるようになった。

職を離れ、妻との残された時間をたいせつにしようと決めた。

だが自分ひとりの手で、家で介護できなくなるほどまで認知症が進行する。彼はなけなしの貯金を使い果たす覚悟で、妻を老人ホームに入れる。カズオは極力「人間的なふれあいを重視する」というホームを選んだ。なるべく機械に頼らない主義を貫いているところだ。妻の意向ではなく、彼の考えだった。

夫婦いっしょに入る資金は、用意できなかった。在宅介護は終わる。妻がホームへ入所する冬の日の朝、正直に言えば解放されたような気持ちがなかったわけではない。だが当然、さびしさもあった。敗北感と罪悪感がのしかかってもきた。

妻は年寄り扱いされること、自分の意に沿わないことを強制されるのを何より不愉快に感じる人間であった。施設に入ると、そうした扱いは避けられなくなった。施設の職員にも事前に伝えていたし、注意を払って接してもらったが、それでも、どうやっても妻はそう「感じて」しまったのだ。

心で認識している自分のイメージと、実際の頭やからだの動きが一致しない。思っているよりも、できない。年を取るとこれがつらい。今までできていたことに途方もなく労力がかかり、疲れやすくなる。認知症であればなおさら、新規のこと、複雑なことをこなすのはむずかしい。カズオは妻の生活の多くのことをルーチンにすることで、なんとか安定させようとしてきた。家でも、ホームでも。

しかし、妻は亡くなる。最期のころの混乱した記憶や胃ろうのつらそうな姿については、思い出したくはない。だが、忘れることもできない。施設の人間に恨みはない。死は遅かれ早かれ訪れる。せいいっぱいの扱いはしてくれた。

気づけば彼は七九歳になっていた。雇い入れてくれるところはなく、伴侶もいない。

目的さえあれば、それに向けて努力してきた。

仕事で結果を出す。妻を支える。そのために必死だった。

だが今は、生きがいと呼べるものをほとんど失った。

社会とのよすがになりうるものは、孫だけだった。一人息子の、一人息子。それが孫のユイだ。

ユイと会ったのは、妻フミコの葬儀のときが初めてだった。

「四〇になって、ようやくできた子どもなんです」

と息子のハザマは言った。ハザマは父以上に筋肉質で巨体なうえ、寡黙な男である。そんな人間が、緊張したオーラをまとって葬儀会場に喪服を着てサングラスをかけてやってくる。そして遠くまでよく通る声で名乗り出たから、会場は少しざわついた。もちろん、カズオには息子を久々にこの目で見た驚きのほうが大きかった。

その横にちょこんと立っていたのが、小学校五年生のユイだ。

カズオはこの少年を見た瞬間、目が見開き、全身の血流が活性化するような驚きと喜びがあった。「血のつながり」を感じた。

勘当されていたハザマは、どこからか聞きつけて母親の葬式にやって来たのだ。サングラスをかけていたのは「なんで芸能の仕事をしている人間がこんなところに」などと思われないためのハザマなりの配慮だった。だが眉間にしわを寄せ、神妙な面持ちをしたマッチョが現れたことにより、別の意味で目立ってしまった。

「母さんとは、こっそり連絡取っていましたから。いろいろ聞いています」

カズオはフミコの死後、それを知った。

この山間の家に引っ越したことも伝えていなかったが、妻からか、あるいは共通の知人をたどっていけば、近況を得ることもできたのだろう。

やってきた息子を、追い返しはしなかった。できるはずもない。久方ぶりに、長く話す機会を得た。とはいえ互いに寡黙である。緊張するとよけい無口になる。ハザマは修羅場を何度もくぐり抜けてきたような顔つきになっていたが、彼に何があったのかを、カズオは尋ねることができない。

しこりは残っている。

人生の残りは長くない。決裂した状態で、死に別れたくはない。

頭ではわかっている。だが、かつて息子がいくらコンタクトを取ってきても突っぱねてきた過去の行動と、整合性がつけられない。ちっぽけなプライドが邪魔をする。

人間と人間のふれあいが大切だ、こじれたら面と向かって対話しろと、仕事ではつねに周囲に説いてきた。息子との関係についてはそうしなかった矛盾を見つめないままに、ここまで来た。

カズオには、孫を通じて息子とも近づきたい、という思いもないではなかった。

「テレノイド……か」

カズオは「テレなんちゃら」という名前のものには、いやな思い出しかなかった。

このころには、遠く離れていても通信相手がその場にいるように感じられる〝テレプレゼンス〟技術はそれなりに普及していた。

よく使われていたのは、めがねやコンタクトレンズ型のウェアラブルデバイスを通じて、話し相手のイメージや音声が再現されるタイプのものである。

単なる音声通信や、ディスプレイ上に対話相手が表示されるテレビ電話（テレビ会議）よりも、三次元の情報量のあるテレプレゼンスは、ビジネスの世界では重宝されていた。彼は、施設に入った妻との通信にテレプレゼンスを使ってみてはとすすめられて試してみたのだ。だが妻は老い衰えた姿を見られたくない、感じられたくないようで、だめだった。あの苦味を、くりかえしたくない。それが、彼がテレノイドに対して消極的な、最大の理由だ。


散歩から帰宅し、一〇畳ほどのほとんど何もないリビングで一息つく。

静けさの中で、彼は覚悟を決める。テレノイドを、使ってみよう。

妻とのテレプレゼンスでのやり取りを思い出して、胸が痛む。トラウマが再来し手が震える。

それを振り切り、孫から教えてもらったモバイルアプリを立ち上げ、「今からテレノイドで話してもいいか?」とテキストで一報を入れる。

すぐにむこうから、テレノイドに着信があった。あわててテレノイドを持ち上げ抱きかかえ、電話を取る要領で端末に備えられているボタンを押すと、通話が始まった。

「じいちゃんだ！」

彼の目の前で、奇妙なかたちをしたテレノイドが音声に反応して動く。なんだこれは、と思う。それでもすぐに、孫との会話に集中したい気持ちのほうが上回り、テレノイドの奇妙さには気を払っていられなくなった。

孫はうれしそうな声で話しかけてきてくれた。テレノイドごしだと、ユイはまったくどもらない。

何から話したものかと考えたカズオは、無難にまずは近況から聞く。するとプログラミングの塾に通っているという。

「あとね、父さんに教えてもらって、自分が生まれたころの音楽聴いてる。デイヴ・ブラウンとかハル2とかＭＡＳｃａｋとか。知ってる?」

「そうか。じいちゃん、そういうのは全然わからないんだ」

「そうなんだ。僕、自分のルーツみたいなのに興味があるから、じいちゃん、教えてよ。父さん、何も知らないからさ」

「ん?　じいちゃんに話せることなんてあるかな……。学校は、楽しいか?」

「学校?　行ってない。時間のムダだから、自分で勉強してる。いちおう義務教育だから、家から授業は受けてるよ、遠隔で。つまんないけどね」

最近はそういう子どもも増えているというが、まさか自分の孫がそうだとは、とカズオは眉をひそめる。

「ユイの父さんは、なんて言ってる?」

「父さん? これから世の中どうなっていくかなんてわからないから、お前の好きにしろって。自由に生きていい、ただ、三〇歳までには自立しろ、って。だからいろいろ勉強してる。いまは人工生命に興味があって——」

その言葉を聞いて、カズオは自分がハザマの進路を狭めようとした過去を思い出す。それでユイには放任主義になっているのか。いや、芸能を職にすること以外は、自分も息子の好きにさせてきた、放っておいたのだ、とカズオは思い出す。そこだけが、彼にとっては踏まれたくない地雷だったのだ。

「テレノイド、どう?」

カズオは我にかえる。言われてようやく、テレノイドの重みを改めて感じる。対話していたのが、能面のように無表情な半身のロボットであることを思い出す。テレノイドの顔面を見ながら、カズオは孫の笑顔を想像していたことに気づく。

「使う前は抵抗あったけど、思ったより、話しやすいな」

「僕も最初は『何これ?』って思ったよ。父さん、頭おかしいんじゃないの? って」

「父さんがお前に教えたのか?」

「うん。もっとかっこいい顔とかデザインのロボットフォンもいっぱいあるんだけど、父さんが、おじいちゃんと話すならきっとテレノイドがいいよ、って。父さん、ロボットといっしょに演劇したりしてるからさ。くわしいんだよ。知ってるでしょ?」

「……いや、初めて聞いた」

「そうなの? まあ、自分でも調べたけど」

テレノイドはテレプレゼンスのトラウマをよみがえらせることはなさそうだ、とカズオは思いはじめていた。

「せっかくだから父さんと替わるね」

ふいに孫が言い、断る間もなく保留音のメロディが流れる。しばらくすると気まずそうな声で「父さん?」と聞こえてきた。どきりとする。何を話せばいいか、わからない。

葬式のときはお互いのことを語るのを避けるように妻や孫の話ばかりしていたから、息子そのものと向き合うのは、本当に久々のことだ。

「『父さん』……でいいですか? 昔みたいに。それともユイもいるし、『おじいちゃん』とかのほうが……」

「なんでもいい」

こいつは小五以来、親に対しても敬語だったな、とカズオは思い出す。そうか、今のユイくらいのころか。それまでは今のユイ以上に乱暴な言葉づかいだったのに、あれからずっとだ。

「わかりました。ではふたりのときは『父さん』と呼びますね」

しかし互いに、黙ってしまう。それでも向こうも何か言いたいことは、伝わってきた。

「ユイとも敬語なのか」

「そうですけど……」

「自分の子どもに敬語は変じゃないか？」

「どうでしょう？　うちではそれが当たり前だし、私にとっては、これがラクなんです」

「……そうか」

ハザマは幼少期にはそのガタイのよさから、周囲にこわがられる存在だった。そのことをカズオは相談され、「やさしく話しかければ、誤解もされないんじゃないか」と軽い気持ちで言った。以降ずっと敬語なのである。

カズオにとっては、筋肉が他者を寄せ付けにくくし、心の安寧を保つための鎧だった。だがカズオ以上に体つきが大きく、威圧感を与えがちなハザマにとっては、筋肉は他者とのあいだの壁であった。だから、言葉づかいをソフトにすることが、他者との距離感の調整弁となった。

そのあとふたりはまた「元気か」「はい」程度の、他愛のないやり取りをつづける。

敵意はない。

情を感じる。

それで十分だった。

踏みこんだことを言えば、過去の自分の行動を、言動を、蒸し返すことになる。それよりは曖昧に、「察する」ことを選んだ。

「よく考えたら、いっしょに住んでいるときだって、とくに何か話したわけでもなかったな」

「そうですね。父さん、何もしゃべらなかったですから。いいとも悪いとも言わなかった。だから……いや、それはいいです」

言いよどんだのは、勘当の一件のことだろうか。

カズオは、今ならわかる、と思った。自分がそういう態度であったからこそ、息子は、芸能界入りに反対されたことに戸惑っていたのだと。ふだんから何を考え、何を信条としているのかを家族で共有していれば、息子も自分の理屈に納得してくれたかもしれない。

カズオが激烈に反対したのは、彼自身が一〇代のころにダンスミュージックの世界で注目され、メジャーレーベルと契約するも、彼らのやっていた音楽ジャンルのブーム全体が沈滞化するのにともない、ほんの数年でレコード会社からの契約を切られたという苦い経験があったからだ。ジャズマン出身だというその会社の社長は、セールスに厳しかった。

カズオは、時流を見て売れ線に切り替えられるほど、器用ではなかった。

アルバイトと音楽活動を掛け持ちしてやっていたが、多忙のあまりストレスで突発性難聴になり、しばらく放置してしまった彼の耳にはダメージが残った。「自分は音楽に選ばれなかったのだ」と思う。

だから、すっぱりやめた。

専門学校に通い直して就職をし、結婚し、子どもをつくった。彼は音楽をやめてからは、世俗の情報をシャットダウンした。聴力はその後、人工内耳手術により多少は回復した。だが音楽や芸能に積極的に触れようとは、彼は二度と思わなかった。

そのことを彼は、一度も息子に話したことがない。恥だと思っていた。だから息子が自分と同じように浮ついた気持ちで、業界の、そしてマーケットの残酷さなど何も知らないままに飛び込もうとしている姿に苛立った。それも遠い過去のことだ。

テレノイドのむこうにいる息子はすでに中年。五〇歳。

役者としてもベテランの域である。頭ではわかっていても、対話しながらカズオに浮かんでくるのは離別する前の、まだ小中学生だったころの息子の姿だ。

目が大きく、まゆ毛が太く、たらこくちびるで、真っ黒な髪の毛が人並み以上のボリュームで、がっちりした体格をしていた少年時代のハザマ。カズオにとっての息子は、あそこから時が止まっている。

自分は幼きころの息子の幻影を孫のユイに見ているのだし、テレノイドを通じて見てもいる、と彼は気づく。もっともユイは写真や動画を観るかぎり、顔つきはハザマと似ていても、からだはひょろひょろだ。だぼだぼのパーカーに短パンとスニーカーを合わせるファッションを好んでおり、外見はそれほど似ていなかった。ただカズオはテレノイドを使っていたから、今のユイの姿は見えていない。

「演技の仕事は、他人になりきって、自分にはない『ものの見方』を手に入れられるから好きなんです。それを活かして、他の人ならどう感じるだろうってシミュレーションしてみたりもします。だけどユイのすることとか考えていることは、親の自分の理解や想像を超えてきていて、ああ、子育てってこういうものか、って、悩んでいます」

ハザマは言う。カズオは黙ってうなずき、その言葉を噛みしめる。

「『好きに生きろ』って言いながらも、やっぱり、自分の手の届くところにいてほしいんでしょうね」

ハザマの姿も、対話相手のカズオには見えない。それでも、カズオはテレノイドを抱きかかえることで、あたかも近くで触れあいながら息子から相談されているような感触を受けている。実際に老人と中年が抱き合っていたら、当事者にすら気味も悪かろう。だがテレノイドなら使用者は相手の姿は見えないし、においも伝わらない。ほどよく都合のいい想像がふくらむ。

「ユイはなんで俺と話したいと思ったのか、おまえ、聞いてる?」

カズオが息子に問う。

「ユイにはずっと言ってきたんです。『人間と人間のふれあいが大切だ、こじれたら面と向かって対話しろ』って。だけどあいつ、それがいちばん苦手ですから……納得がいかないんだそうです。『世の中には他にいくらでもコミュニケーションの手段があるのに、なんで直じゃなきゃダメなんだ』『なんでそれがいちばんいいと思うの？』と。それで父さんはなんでそういうこと考えるようになったのか教えてほしい、と言われて――」

「ああ、『面と向かって話せ』は、俺の口癖だったから、か」

ハザマはカズオに会いに行くことで、実践してみせたのだ。

「……ええ。それと、去年だったかな。学校の課題か何かで『自分のルーツ、歴史について レポートを書きなさい』というものがあって、それからずっと自分がどんな出自なのか、どんな親、祖父、先祖から生まれてきたのかが知りたいみたいなんです」

「だけどお前は何も知らない、語らない、と」

「そうです。なんでわかったんですか？」

さっきユイから聞いたのだと伝える。

「それで父さんのことも知りたいらしいんです。だけど私は父さんのこと、よく知らないですから。勝手に語るわけにいかないですし」

カズオは黙る。

「ユイも、自分が何者なのか知りたい年頃になったんでしょうね。自分は何がしたいのか、何ができるのか、すごく考えてるみたいです。将来のことで悩むなんて、少し、早すぎる気がしますけど」

「……ユイに替わってくれ。俺から話すよ」

「いや、もう、どっか行っちゃいました。また今度、お願いします」

苦笑いする。

息子と話すうちに、カズオは十代のころ深夜ラジオが好きだったことを思い出す。勉強をしたり、本を読みながら、なんとなくだが、しかし毎週欠かさず聴いている番組があった。もっぱらラジオでしかその人間のことは認識しておらず、そのパーソナリティの顔がどんなものかを知ったのは、ずいぶんあとのことだ。イメージしていた顔とは、まったく違っていた。想像のなかで、人物像をつくりあげていたのだ。

テレノイドでの対話は、あの感じに似ていた。

そういえば学生のとき、恋人と何度も長電話したこともあった。あのときもやはり、会話自体はぽつりぽつりという日もあったのだ。何か話す目的があって電話をしているのではなく、気持ちが通じ合っていることを感じるために、つながっているという快楽を得るために、電話をしていた。あのときの沈黙は、きもちがいいものだった。むりに話さなくてもいいということ自体が、とくべつな関係であることを証明していた。

「これなら、フミコともテレノイドで話せばよかった」

カズオがそう漏らすと、「どういうことですか?」と返される。

彼は妻の晩年について、息子に伝えた。

妻はテレプレゼンスでの通信をいやがり、今思えば、直接会うことも好ましくは思っていなかった。生きているあいだは認めたくなかったが、冷静に振り返れば、折々にそういう態度は見られた。残酷なことをしてしまって、反省している。カズオは嘆く。

息子も父に、母のことを話す。

ハザマは長いあいだフミコと細々と連絡を取り合っていたが、ある時期から言動がおかしくなっていることに気がついた。息子は息子で、母をどうすべきか、カズオに意を決して相談すべきか悩んでいたが、仕事や自分の子育てに時間を取られているあいだに、フミコは施設に入ってしまった。フミコは「話したいけど、会いたくない」と息子にも言っていた。

だからハザマは一度しか会いには行かなかった。その一度の訪問は、後悔しかなかった。その後ユイが「会ってみたい」と言ったから、ホームの近くまでは付いていき、ホームへはひとりで会いに行かせたこともあった。フミコはユイのことをハザマだと思い、ずっと泣いていた。

――知らなかった。自分は息子や妻から気を遣われていたのか。

カズオは、妻の認知症が進んだあとでも「お前のことは最期まで忘れていなかったよ」と息子に対して嘘をついた。本当は、誰のことも覚えていなかった。息子は長い溜めをつくり、うなずくだけだった。

テレノイドの顔を見ながら、妻の顔を想像する。

人間には、これから過ごす時間と今まで生きてきた時間がある。

未来と、過去だ。

未来よりも過去のほうが長くなった人間は、未来に対する希望や期待よりも、過去の思い出に包まれて生きている。カズオは、自分にとってテレノイドはそういうものだと直感した。記憶を想像させる装置だ、と。

カズオは息子に、そんなことを話す。

「でもね、ユイにとっては違うんです。話している相手がどんなひとなのか、どんどん想像がふくらむ、って」

そこでカズオは初めて、孫のユイ側も、そして今話している息子もテレノイドを使っていたことを知る。

ということは、こちらの姿はモニタリングしていないのか。自分の表情や格好が見えていないとわかると、肩の力が少し抜ける。

「テレノイド同士の会話は推奨されていないんですけどね。バージョンの古い機体を日常的なコミュニケーションに使うなら、片方は相手の姿を見ていたほうがいいっていう意見が大半です。でもテレノイド同士でも、最近のものならこちらのテレノイドに付いているカメラが相手にこちら側の動きや表情を送って、そちら側のテレノイドで多少ですけど再現する設定にもできますから、それでいいんじゃないという人もいます。ユイはそのほうが話しやすいみたいです。あいつ、変わってますよね」

お互いに通信用ロボット、または遠隔操作ロボットを使っての対話には不自然さがつきものだった。

というのも、ひとつにはロボットやアンドロイドと、人間のからだの構造が違うためだ。遠隔でロボットを自然に動かすには、人間にとって不自然な動きをしなければならない。操作者が正しく振舞っているつもりでも、遠隔地でロボットに触れている人間の側にとっては、そうとは限らない。

人間が持っている情報量や伝えられる情報量と、ロボットが持っている情報量や伝えられる情報量の落差も、不自然さを増幅させた。

だからテレノイド同士の対話は推奨されていなかった。

ただ、この時代を前後してすぐに、ロボットがアイコンタクトや、相手のうなずきにしたがって、端末のロボットもうなずく、といったことまで、自動で判断し、勝手にやってくれる機能が格段によくなった。

自動車にも、レーンコントロールやブレーキアシストシステムのような「半自律」のしくみがある。そのロボット版だ。

すべてを人間が操作するよりも、ロボットが多少は自律的に人間同士の会話に介入して動いたほうが客観的に見れば「自然な動作」になる。うなずいたり、視線を動かしたり、対話先の空間で物音がしたらそちらを向いたりといったことまで遠隔操作ですべて人間がやることは難しく、ロボットが勝手にやってくれたほうがいい。

しかし勝手に動くことで、当事者たちが主体的に対話している感じが阻害されては意味がない。実はロボットに介入されているのだが、しかし、さも対話者自身が自発的にやっているように思ってもらえる加減、ズレ幅が重要だった。

人間は、自分がした動作とマシンの動作の誤差が二〇〇ミリセク以内なら「自分の行動」だと認識する。また、自律的な動作が本人の予測の範囲かどうか、自分でもそうするだろうという予想の範疇であることなども重要であった。

カズオにとっては、片方だけがテレノイドでも、両方がテレノイドでも、初めて使うものであり、新鮮な感覚を覚えるものだった。ユイのようにまだ見ぬ姿を妄想することも、カズオのようにかつての豊かな記憶にアクセスすることも、イメージを産みだしていることには違いない。

通話を終え、カズオは妻の生前から冷蔵庫に入れっぱなしだった白ワインを開け、一口だけ呑んだ。本当に、久々に。唇から舌へ、そして胃の中へと酒が流れる。

胸がぎゅっと熱くなり、顔が火照る。

＊

ハザマは、フミコが亡くなったころ、長年連れ添った仕事上のパートナーを亡くした。人間の生は、突然に途絶することもある。永遠に続く関係性など存在しない。どんなに長く連れ添った関係でも、いずれ終わりは来る。だからこそ彼は、父ともう一度、じっくり話がしたかった。ユイの教育についての相談も、もちろん。

ハザマと和解したカズオは、遺言書、任意後見契約、財産管理等委任契約、尊厳死宣言書を準備し、有料老人ホームに入ることに決めた。

息子と関係を修復して以来、さまざまなことに寛容になれた。思い残すところがなくなった。つっぱっていた部分がなくなり、実際には身体がずいぶんと衰え、日常生活に不自由が生じつつあったことを、ようやく彼は認めた。

必要な資金は息子が出し、カズオは「気持ち」として受けとった。

思い出に浸って余生をすごすのも悪くないと開き直った彼は、数十年来離れていた故郷の近くのホームに入ることに決めた。

幼少期をすごした市の中心部からクルマで一五分ほどの静かな場所にある、やや広めの施設だ。彼の個室は六畳ていどで、そこにベッドが置かれている。カズオのふるさとにあったから、何十年かぶりの旧友との再会もあり、その後の死別もあった。

ただふるさとにあったから選んだわけではない。

カズオは息子とともにいくつかのホームを見学し、施設長に直接会って運営に対する考え方を聞き、人間観や人柄を知ってから決めた。

妻の入ったホームとは対照的に、ロボット、アンドロイド利用に力を入れているのが特徴である。施設長は「そのほうが人間らしく最期まで生きられる」と語り、見学中、カズオはその言葉に説得力を感じた。日常受診する医療施設が近くにあることもポイントが高かった。

カズオは知らなかったが、テレノイドは介護施設ではそれなりに普及していた。若者よりも、年寄りの利用者が多い端末だった。

ただし、自分が嫌いな人間や怒っている相手とは、テレノイドの使用は推奨されていない。ネガティブなイメージが膨らんでしまうこともあるからだ。あまりにも落ち込んでいる者との会話も同様だ。共感は深まるが、必要以上に心配してしまうことになりかねない。

それでもカズオにとっては、そうして強い感情を喚起されて過ごすことは、枯れ木に与えられた水のような、良い刺激になった。自分は生きなくては、と感じるようになった。

カズオが入居した老人ホームでは、ロボットが当たり前のように馴染んでいた。介護用のものもあれば、二、三体のロボット同士で話しながら人間も会話に巻きこむコミューやソータのような小型ロボットもあった。コミューやソータはテーブルの上に乗っても邪魔にならない程度の、身長三〇センチ前後のヒト型ロボットだ。コミューは「対話とはなにか」ということを認知科学的に解釈したデザインになっている。音声認識を用いずに対話を成り立たせ、「会話している感覚」を与えるロボットであり、英会話などの教育プログラムが充実していた。ロボット同士で漫才のようにトークしながら、飽きさせないように反復練習を促してくれるのだ。

カズオが気に入ったのは、M3-Neony（エムスリー・ネオニー）という三〇センチくらいの赤ちゃんロボットである。

寝返りを打ったり、人工声帯から赤ちゃんがするように「あうー」と発音したりするのだ。一歳から二歳の幼児くらいの機能を備えており、人の手を借りて立ち上がったり、歩行のしかたや、話すことを覚えたりする。

たとえばネオニーが座っている状態で、人間の介助者が、両手を引いて少し引っ張り上げてやる。するとネオニーは引っ張る力に逆らわないように、足のアクチュエータへの力のかけ方を学習していく。いきなりうまくできるようにはならない。何度か繰り返しているうちに、だんだん上手に立つようになる。

「できたね！　すごい！」

カズオたちは、それがロボットなのだとわかっていても、いじましく成長していく姿に、思わず喜んでしまう。

実は、無理矢理手を引くような介助者では、このロボットはなかなか学習しない。介助者は、いまネオニーがどの筋肉を使おうとしていて、なぜうまくいかないかを考えながら、時に力を入れたり、時に力を抜いたり、また、上の方に持ち上げたりする必要がある。人間の親と同様に、ロボットにもよい親が必要となるのだ。

このようにして赤ん坊（のロボット）から協力を求められること、成長を見守れることが、生きがいになる。

「他人に迷惑をかけたくない」と思う高齢者は「誰かの役に立てる存在でありたい」「自分が必要とされる場所がほしい」とも思っている。誰からも必要とされない、社会のお荷物なのではないかという想念を打ち消し、頼られる状況を提供することは、人々に充実した時間を与えるものだった。

カズオの老人ホームで活躍していたのは、ロボットだけではない。耳が聞こえにくい、視力が悪い、うまくしゃべれない、同じ話を何度もしてしまう、記憶が曖昧、毎日のスケジュールを忘れる、かまってほしい、なるべく放っておいてほしい、歌ったり踊ったりしたい、過去の思い出に浸りたい――そこにいる人それぞれの欲求や困ったことに応じて、さまざまなデバイスやアプリケーションが用意されていた。

自動応答で無限に会話を続けてくれる対話用ロボットや、老眼鏡を兼ねた、思い出の土地を過去に遡って閲覧できる観光用ＶＲソフト付きウェアラブルデバイス……。若い男女の外見をしたアンドロイドを互いに遠隔操作して、「なりきり」で会話をすることを好む人間もいた。

そこにはカズオが知らなかった比較的新しいものもあれば、「すたれた」と思っていたデバイスやアプリもあった。このホームでは人々の記憶を刺激するために、わざと「なつかしい」と思わせる携帯電話やノートＰＣもいくつか置いてあった。

みな、それぞれの状況や気分に合ったメディアを選んで、生きていた。

人間はこんなにも多様な機械に補助されて生きているのか、とカズオは改めて気づく。

コミューやソータが、ホームのコミュニケーションスペースにあるテーブルの上で演じる「ロボット演劇」で、カズオは初めてシェイクスピアをまともに観た。

子どものようにかわいらしい外見のロボットが演じる『ハムレット』だったが、文化的なものに触れることを半世紀以上絶ってきたカズオには、とてもおもしろく思えた。

狂気を装っているのか、それとも本当に狂気に呑まれたのかわからないハムレットの姿に、彼は認知症が進んだ妻のことを重ねた。

観劇後に感想をホームの入居者同士で語ることも、彼にとっては刺激的だった。

そのことを息子に話すと、なんとその小型ロボット演劇は、息子の所属事務所の俳優と演出家が協力してつくったプログラムだった。「演劇に興味があるなら、よかったら観てください」と言われ、ハザマが人間酷似型アンドロイドと共演した『R．U．R．』のデータを受け取った。

『R．U．R．』は「ロボット」という言葉が最初に用いられた、カレル・チャペック作による古典的な戯曲である。

演劇にロボットやアンドロイドが登場することは珍しくないが、ハザマが出演した『R．U．R．』は、人間役をアンドロイドが、ロボット役を人間が演じるという趣向で演出されていた。

もともと『R．U．R．』に登場するロボットは、いかにも機械然としたものではない。無表情であることを除けば、見た目も動きも人間そっくりの人造人間である。奴隷のように労働させられている人造人間が、自分たちを酷使している人間の資本家たちに反旗をひるがえす――「人工知能やロボットによる人間への反乱」の物語は、チャペックが一九二一年に書いたこの戯曲よりあとも、飽くことなくくりかえされることになる。

カズオは施設内の自分の部屋でVRメガネとヘッドフォンを付け、『R．U．R．』を観劇した。涙がこぼれた。無口なハザマが、役の中では饒舌に、立派に演技をしている。息子が活躍する姿を、はじめてまともに観た。まずその感動があった。

カズオは物語を観ながら、ロボットに対して圧政を強いる資本家に自らを重ねた。これは、親が子どもに何かを押しつけようとして失敗する話である、と彼は理解する。ロボットたちは、息子はよく戦った。親と子の争いなら、子が勝つべきだ。今ならそう、思える。アンドロイドの演技はテーブルの上で演じられたコミューとソータによる『ハムレット』とは比べ物にならないくらい迫真のものであり、カズオはそれにも息を吞んだ。

このことを通じ、半世紀以上、閉ざされていたカズオの文化への思いが解き放たれる。

「もういちど音楽をやってみよう」と彼は思った。

邪魔にならないていどの簡易なキーボードを買い、部屋でひとり、鍵盤に向かう。指の動きはさすがにぎこちなかったが、弾くことには純粋なよろこびがあった。カズオはコミューやソータによるピアノレッスンプログラムを始めた。バッハの「インベンション」からだ。童心にかえった思いだ。

ホームで他愛ない昔話やレクリエーションを行う日々をすごすうちに、カズオは何か目標に向けて生きるのではなく、生きていること自体、誰かと話すこと自体、演劇を観たり、音を奏でること自体が楽しいと思えるようになってきた。

子どものころ味わっていた純粋な遊びの時間を、彼は取り戻した。

それまで筋肉を鎧にして生きてきたカズオは、筋肉の衰えとともに、しかし、新たなものを獲得しえたのだ。

何歳になってもひとはコミュニケーションしたい生きものだし、自分たちがしてきたことを語り合いたい生きものなのだし、芸術に感動できる生きものでもあるのだと、悟る。この歳になると、何かを成し遂げたいとか、名をなしたいとか、そういう想いはもうない。それができる時間も能力も残されていない。

ただ今をよりよく生きることを、日々を楽しめばいいのだ。

テレノイドは、カズオたちを取り囲む、数あるコミュニケーションメディアのひとつだった。

孫以外にも、息子や医師、ヘルパーやカウンセラーなどとのコミュニケーションにもテレノイドは役立った。年齢のみならず、人種や性別による対話相手へのバイアスが懸念される場面でも同様である。このデバイスの使用者は、直接会って話すのでは気後れする相手との会話も、旧友と話すのと同様、楽な気持ちで臨むことができた。

人間は子どもだけでなく、大人になっても、ひとりでいることに不安を覚える。

誰かと話をしたい、誰かといっしょにいたいという思いは、誰もが少なからず持っている。そういったときに、適切な存在感を持ちながら相手をしてくれ、パートナーになってくれる。そういったロボットが多種多様に開発され、人間社会の中で、なくてはならないものになった。

＊

ユイとハザマが、カズオの誕生日祝いとして家に招いてくれた。車椅子に載せられ、ハザマたちの地元のショッピングモール・高田屋などでいっしょに買い物したときは最高に楽しかった。

しかし、それが生身での最後の旅行になった。

カズオは「自分は鍛えている」というおごりがたたって、施設で無理な動きをして転倒、足を骨折してしまった。以来、遠くへ移動することは難しくなった。

といって、向こうから息子や孫がホームまで来ることも、多くはなかった。遠方に住んでいたせいもあり、そしてそもそもユイは対面での会話を好まないこともあり、息子も孫も、なかなかカズオの元を訪れることはなかった。中学に入るとユイは「ゲームで人工生命をつくる」などというカズオには理解不能な活動を始め、ぱたりと来訪が絶えてしまった。

息子はユイの画像をカズオに送ってくれたし、一時期よりも回数はだいぶ減ったが、ときどきはテレノイドで話してもくれた。「ネットで拾ったんだけど、じいちゃんが昔やってた音楽聴いたよ」などと言われたこともあった。気恥ずかしくはあったが、今ではいい思い出だと認められる。

ユイは中学生活も後半にさしかかると「やっぱ学校ってちゃんと行ったほうがいいのかな？　ゲームクリエイターの人に聞くとけっこうみんな『それも経験だよ』って言うんだよね」と漏らすようになった。

カズオに言えるのは「自分のときはこうだった、お前はお前らしく生きろ」ということだけだった。「また父さんとおんなじこと言ってる」と苦笑された。

ふしぎなもので、息子のときも小学校くらいまでは、たまらなくかわいく思えたものだ。中学に入り、ひとりであれこれできるようになり、自我を確立していくと、むしろ生意気さに苛立つことが増えた。あげくの衝突だ。

孫とはそうなりたくない。カズオは不安に思う。

このごろユイは元気がないのか、あまり話したくないのか、わからないことも増えてきた。テレノイドを通じての会話すらうまくいかないことがあるのか。カズオにとっては未知の体験だった。

死ぬ前に最後にもう一度だけ、リアルで会っておきたい気がした。

それで気が済む。とはいえ、足腰がおとろえ、介助なしでは風呂に入ることもできなくなったカズオにとっては、自分から会いに行くのは困難だ。

来てもらえないものか。

息子にその意思を伝えると、返事を濁される。しかし孫に嫌われるようなことをした覚えはない。思春期になり、気むずかしい年頃にさしかかったからか。尋ねてみても、要領をえない。しつこく食い下がると「理由は言えないが、会いたくない理由がある」と言われた。

「テレノイドを使うくらいが、ちょうどいい距離なのか」

ため息をつくと、「そうかもしれないです。今は」と息子は言う。

少し前まで息子が自分にコンタクトを取りたがっていても拒絶していた人間が、孫に会いたいと言うと断られ、ショックを受けている。

なんたる皮肉か、とカズオは思う。

しかしテレノイドがなければ孫とも、息子とも、ここまで距離を詰められることもなかった。「ロボットが人間の仕事を奪う」といつからかやかましく言われてきたが、これは人間にはできない、テレノイドにしかできない役割だ。

彼はそんなことを音声入力でつぶやき、メッセンジャーで孫に送った。

返事がこなくてもよい。

そう思っていたが、しばらくしてテキストで返事が来る。午前四時台に着信があり、その電子音と光で、彼はめざめた。外はまだ薄暗く、ホームの自室は静かだった。

「違うんだよ」と孫は始めていた。

先日起こった震災で建物の倒壊に遭い、足を悪くしていて動けないのだという。それを心配させたくなかったから、と。心配させたくはないからくわしいことは書かないけれど、今の姿をじいちゃんに見せたくない、自分が元気でいるというイメージでいてほしいから、だから、会いたくない、と。

不意を突かれた。

震災はカズオが住むところとも、息子や孫が住むところとも離れた土地で起こったことだった。

だから彼は文字通り遠い場所での出来事だと、他人事のように思っていた。

人並みに痛ましいとは感じたが、当事者の苦しみを理解はできなかった。息子にも孫にも「大変な出来事だった」という話はしても「大丈夫か」とは訊かなかった。ユイは位置情報ゲームのイベントでたまたまその場所を訪れているときに、被災したのだ。

この国にかぎらずアジアでは多くの地域で、少なくとも数十年に一度、多ければ数年に一度、大災害が起こっている。それ以外の地域で紛争やテロ、難民問題が頻発するのと同様に。人類は、つねに非常時態にさらされてきた。落ち着いた平和な時間は、非常時と非常時のあいだの凪にすぎない。何が起こってもおかしくなく、似たようなことが続くことも珍しくはない。

だが「自分ごと」にならなければ、そのことには気づかない。

孫は書いていた。

「動けないってこんなにつらいんだ、って初めてわかった。おじいちゃんが車椅子じゃないと動けないって聞いて『大変そうだな』って思っていたけど、自分がそうなってみて、やっと本当にわかったよ」

なぜ言ってくれなかったのか。いや、その答えも、孫がもう書いていたか。

カズオは妻とテレプレゼンスを使ってコミュニケーションを取ろうとしたときと同じ失敗をくりかえしたことを恥じた。

見られたくない姿を見られることで、人は傷つく。だが見る側は、人を傷つけてしまうことに無自覚なことが多い。そのまなざしが暴力をはらんでいることを、自分は知っていたはずなのに、またやってしまった。「直接会って話す」ことにこだわることが、相手を傷つける可能性に思いいたらなかった。

ややこしいことに、見られたくないと思っている側は、まったく気を払われなければさびしくも思う。見たいと思っている側の人間も、見られたくないと思っている人間と話ができなければ、さびしい。

人間はわがままである。そのわがままさに、テレノイドは応える。

もっとも、テレノイドだけですべての解決はできない。

接する相手によって、時と場合によって、ちょうどいい距離感は変わる。だからカズオはテキストメッセンジャーを使った。

「ちょうどよさ」に合わせ、ひとは用いるメディアを変える。数多あるコミュニケーションツールは、ロボットは、その用途に合わせて使い分けをされる。

カズオは気づく。自分は筋肉で、息子は敬語で、孫はさまざまなデバイスで自分を守り、自分にちょうどいい距離をつくってきたことに。「生身のふれあいに勝るものはない」と最近までは思ってきたが、生身であっても人間は言葉や視覚に媒介されてしか、他者と触れあうことはできない。ユイはハザマが自分に対して敬語であることに「心を開いてくれていないんじゃないか」「感情がないんじゃないか」などと思っているようだが、そうではないのだ。——ああ、そのことも、今のうちに伝えておかなければ。

孫はテキストの最後に「お願いがあるんだけど」と書いていた。

「おじいちゃんのアンドロイドをつくってほしい」と。

ある人間の特徴をコピーした人間酷似型アンドロイド「ジェミノイド」を、カズオの孫は望んでいた。ハザマくらいに稼いでいる層においては「生ける墓標」として、生前に遺影代わりにアンドロイドをつくることが世界中で流行りはじめていた。ヨーロッパの名家では墓が屋敷のようなたたずまいをしており、代々の人間をかたどったアンドロイドがずらりと並ぶ。そのなかで現役世代の人間は、自らの血が連綿と続いていること、歴史を担う存在であることを自覚していく。

「ろくに直接会ってもいないのになんでアンドロイドをほしがるんだと言われても自分でもよくわかんないけど、じいちゃんを残しておきたいと思う。話したいときに話せるようにしておきたい。これは、父さんも同じ考え」

孫は言う。以前ならそんな申し出は断っただろう。今ではロボットやアンドロイドへの抵抗はない。「死んだあとでアンドロイドにするでもいいよ」と冗談めかしてユイは言う。

「俺、じいちゃんのアンドロイドとは直接話せるのかな。やってみないとわかんないけど」

特定の人間に酷似した外見をもつアンドロイドを本人以外が遠隔操作することは、規制されるようになっていた。

なりすましその他により、無数のトラブルが発生したからである。指紋と虹彩による本人認証がなければコピーしたアンドロイドの遠隔操作は基本的にできない。本人が操作しない場合は、当人の死後も含め、自律型で運用することとなっていた。カズオのアンドロイドが生きているあいだに完成すれば、それはユイの家に置かれ、カズオが遠隔操作してユイたちと対話することになる。

孫がアンドロイドを通じてであれ、自分のことを知りたいと言ってくれることは嬉しい。ユイからすれば、本当は直接会いたいが、自分の姿は見せたくない。だからこそアンドロイドを通じて、カズオの姿を近くに感じたいのだろう。ユイの足の具合が治るものなのか、多くを語ってはくれないのでわからない。

いずれにしろ自分がもうじきこの世を去ることを、カズオは理解していた。

実際に会う機会は、もうないかもしれない。ホームでも、昨日まで元気であったのに突然ぽっくり逝く人間もいる。その前に、自分をなんらかのかたちとして遺しておこう。ロボットやアンドロイドは、自分の分身だ。

この時代になると、特定の人間を元につくるアンドロイドの「型どり」作業はそれ以前ほど苦しいものではなくなっていた。脳波を測るＭＲＩの装置のようなカプセル状の装置に数十分入れば生体スキャンが完了し、アンドロイド制作に必要な３Ｄデータが手に入った。

カズオのコピーである「墓としてのアンドロイド」はコミュニケーション用アンドロイドだ。カズオに関する音声データや動画をひたすら取り込みその特徴を抽出し、彼の動作や口癖を再現することによって、それなりに自然な対話が可能になっていた。

また、彼がくりかえし語っていたこと、遺言などが登録された。

カズオは自分が知っているかぎり、カズオの両親や祖父母、親族についてのエピソードも遺すことにした。それは彼の息子も知らない、家族の情報だった。自分がこの世から消えれば、自分が体験してきた豊かな記憶も消えてしまう。もはや自分の記憶の中でしか生きていない、先に逝った人たちが消えてしまう。カズオは、自分はアンドロイドとして残るという機会を得られたのだから、記憶のかぎりを保存しておこうと思った。自分の来歴を知りたがっていた、ユイのために。

ジェミノイドが完成すると、カズオは遠隔操作でときどき入り、ユイやハザマと触れあうようになる。

対話をしたり、食卓を囲んだりした。息子と孫が食事をしている様子を見ているだけで、自分が食べていなくても味が感じられる気すらした。

カズオはアンドロイドを車椅子に乗せて、ハザマたちとかつていっしょに行ったショッピングモール・高田屋に再び出かけたりもした（家庭用の比較的安価なアンドロイドには、段差を乗り越えられるような高度な歩行機能はついていない）。

カズオはガンの発症にくわえ、認知症が進行して思い出せないことも増えた。

しかしジェミノイドにときどき入ることが、死の恐怖をやわらげてくれた。自分が死んでもこいつは残る。息子や孫と離れることはないのに。

＊

ユイは義足の扱いに慣れてくると、心境の変化が生じてきた。「クラスのみんなより速く走れるようになった。この足、やばい。じいちゃんに見せたい」とハザマに伝えるようになっていたのである。そう、ユイは学校にリアルで通うようになっていたのだ。物心がついたころからずっと他人との直接の対話を好まなかったユイが、身体を間近で見せたいがために祖父に「会いたい」と語る光景に、ハザマは複雑な、しかし嬉しい想いをする。

ユイがすべてを知る日がやがて来る。

カズオはときどき孫の家にあるジェミノイドを通じて「おじいちゃんがもう死んでたらどうする?」と訊いてきた。

ユイが父に「また言われたよ」とそのことをメッセすると「本当に死んでいますよ」と返された。父も冗談を言っているのだと思った。

よくわからないことを言ったり、ときどき詰まることはあっても、ジェミノイドでもテレノイドでもカズオと普通に会話していたと思ってきたユイには、信じられなかった。

ただそれでも気になって、カズオがいるはずのホームに問い合わせると、「もう、いらっしゃいませんよ」と言う。

カズオは遠隔操作でジェミノイドに入りながらも、人工知能による対話プログラムを半自律で走らせていた。カズオが入れば入るほど、人工知能はカズオの話すことや話し方を学習し、特徴を捉え、あるていどはカズオのように話すことができるようになっていく。

しかし並行して、カズオの発話能力は老衰によって減じていく。

人工知能とＢＭＩ（ブレインマシンインターフェース）とが連動したジェミノイドは、カズオ自身が話したいと思っているその信号を捉える。カズオ本人のうまくしゃべる機能が損なわれていても、人工知能が半自律的に介入する。本人の代わりに返事をしたり、うなずいたり、話をしたりする。

徐々にカズオ自身がしゃべる度合いと人工知能がしゃべる度合いは反転していき、カズオが亡くなると、あとはジェミノイドやテレノイドが人工知能を用いて自律的にユイたちと話すようになった。

聞かれてもわからないこと、思い出せないことがあるかのように返すくらいのことは当たり前にできた。認知症の人間のようなコミュニケーションをする音声応答プログラムだ。頭はボケたが声は元気なカズオと話しているような感覚を、孫は得ていた。

ユイがカメラを通じてときおり見ていた「テレノイドを使っているカズオの姿」は、生前の動画データから合成された、リアルタイムレンダリングの画像だった。

ユイは「そういうことがある」という話は聞いたことはあった。だが、まさか、という気がした。

ユイは、仕事場にいる父にテキストでメッセージを送る。

「葬式ってもう終わってるの？　父さん、なんで教えてくれなかったの？」

しばらくして返信がある。

「葬式は、していません。いらない、って、じいちゃんが言ってましたから。ばあちゃんといっしょのお墓に納骨はしました。でもじいちゃんは『自分は死んでも、ユイたちにとってはロボットの自分はずっと生きてるようなものだから、葬式なんてやる必要がない、だから死んだことも知らせるな、いつか気づいたときに受け止めればいい』……って」

ユイはショックだったが、もともと生身で会う機会は少なかっただけに、この世にカズオがいないということに対し、現実感が追いついてこなかった。家にはカズオのジェミノイドがいて、話しかければ応えてくれるのだから、よけいにそうだった。

「それは本当にじいちゃんの遺言？　それとも人工知能が言ってるだけ？」

「じいちゃんは、ジェミノイドができたころから、私には言っていましたよ」

「父さんはじいちゃんが死んで悲しくないの？」

「悲しいですけど……ジェミノイドのおかげで、だいぶその感情は薄い気はします」

そういえばジェミノイドが家に来て以降、ハザマは口数が増え、前よりも少し明るくなっている気がする、とユイは思う。ロボットだと思って、うかつなことを言っても安心だからそうしているのか？　などと邪推してしまう。

「父さんが仕事から帰ったら、話しましょう」

父との通信を終えたユイは、もやもやしながらしばらく考えたのちに、リビングにジェミノイドを連れてきて、テーブルごしに対話する。

「どう受けとめていいか、わかんないや」

カズオは深くうなずきながら、言葉を返す。

「今の姿じゃ、ダメか？」

「ダメってことじゃなくて……その、びっくりしてる」

「触れあえるんだから、いいじゃないか」

「いや、だから、いいとか悪いとかじゃなくて」

「前は、『あっち』と『こっち』で分かれていた。だけどいまはひとつになったんだよ」

「それって本当にじいちゃんの気持ち？　人工知能がつくったものじゃなくて……」

「『本当』かどうかって、大事か」

「そりゃそうだよ」

「ユイの父さんは、役者の仕事をしてるだろ」

突然の話題変換に、ユイは戸惑う。

「今の話と関係ある？」

「父さんが演じている人物はニセモノか？」

「まあ、フィクションではあると思うけど」

「じゃあ、演じている父さん自体はニセモノか？」

「……？」

「じいちゃんも、そういうものかもしれない」

ユイには、わかるようでわからなかった。

ジェミノイドの発言の意味がそもそも取りにくかったが、それ以上に、カズオがなんのために死後にこんなことを言わせるようにしておいたのかを理解しかねた。クールダウンして考えるためにユイは冷蔵庫から牛乳を取り出し、コップに注いで一気に飲む。喉にひんやりとした感覚が広がる。

「じゃあ演技？　今のじいちゃんは」

「前は遠隔で入っていないときも普通に話してくれたのに、死んだらニセモノ扱いか」

「だって、生身のじいちゃんはこんなにしゃべんなかったよ」

カズオは苦笑する。

「あっちが生きてたときから、こっちが補って、やっとしゃべれてたんだ。今が本来のじいちゃんだ」

筋肉はアクチュエータに替わっちゃったけどな、とさびしそうにカズオは言う。

ユイはいささか饒舌なカズオに違和感を抱いたが、しかし、それは最初に自分が引っかかったところとはまたずれていっている。

「父さんが帰ってきたらまた話そう」と言って会話を打ち切る。

打ち切る前、ジェミノイドからは「ユイは、ジェミノイドやテレノイドに何を求めていた？　じいちゃんに、何を求めていた？」と問われた。

「じいちゃんがしゃべることに違和感があるなら対話プログラムを切ってそのへんに置け。姿があることに違和感があるならジェミノイドを捨ててテレノイドからしゃべらせろ。どちらもいやなら、すべて組大ゴミに捨ててくれ」


自分の部屋でベッドに転がりながら、ユイは考えを整理する。

――じいちゃんは死んだ。なんだかんだ言って、それはやっぱり悲しい。ただ現実感がない。悲しんでいいのかがわからない。家にジェミノイドがいて、生きてたころとそんなに変わらない感じで話せる。

だから混乱してる。たぶん、ジェミノイドをじいちゃんとして認められたらいいんだろう。

いや、どうだろ。

「本物かどうか」じゃなくて、これもじいちゃんなんだって思えればいいのか？

そもそも、ジェミノイドをじいちゃんそのものだと思って作ってもらったわけじゃないしな……。

今は「本物のじいちゃん」ぶってるジェミノイドに違和感がある。でも、それにも慣れちゃうのかな？

そういう気もする。死んでるって知って、びっくりしてるだけなのかもしれない。あれは対話プログラムが走っているだけの機械で、あそこに魂はない。

だけど、だったら何なんだろう？

だってジェミノイドは、もともとお墓の代わりだったはず。

お墓の役割って、何だっけ………？

＊

深夜に帰宅したハザマは、リビングのテーブルでユイの気持ちを聞く。いったんはカズオは抜きにして、ふたりで話をすることにした。

「ユイは、『ハムレット』は知っていますか？」

「知らない。興味ない」

ユイは、ジェミノイドが近くにいるとハザマともデバイスなしで普通に話せるようになっていき、今ではジェミノイドなしでも話せるようになっていた。

そうなってほしいとずっと思っていたハザマは、それが嬉しかった。子どもには好きに生きてもらえればそれでいいと思っていたが、そのためにもコミュニケーション能力は身に付けてほしかったのだ。カズオとユイを引き合わせたのは、そのきっかけを与えてくれるかもしれないと願ったからだ。

まさかこんなかたちで実現するとは、思っていなかったが。

ハザマはユイに『ハムレット』のあらすじを説明する。

「ハムレットは、はじめは父の霊に取り憑かれた狂人を演じているだけのはずだったのに、しだいに、本当に狂ってしまったのかわからなくなっていきます。演技なのか発狂したのか、どちらが真実なのかは、外側からはわかりません。今のじいちゃんは、それといっしょです」

「ジェミノイドは、じいちゃんの霊に取り憑かれた子どもみたいなものってこと？」

「じいちゃんを元につくられたプログラムが作り出すものがどれくらい『本当のじいちゃん』らしいのかなんて、わかりません。じいちゃん自身にもわからないと思います。生きていても、人間は変わっていきます。三〇年前の父さんと今の父さん、どちらが『本物か』なんて問いは無意味です。だから私たちにできるのは、あのじいちゃんを『そういうもの』として受け入れることです」

受け入れることを、生前のじいちゃんは望んでいました、とハザマは加える。

「でも、じいちゃんは生きてるときは頭おかしかったわけじゃないじゃん。ん？　いや、ああ、そっか。生きてるときもボケてたか。今もボケてると思えば、あんま変わんないのかもしれない」

「そうかもしれません。ああ……ええと、『ハムレット』のたとえはよくなかったですね。自分の親を狂人扱いするのもどうかと思うので。今のやりとりは、じいちゃんには言わないでください」

「いや、このあとすぐ話すよ」

「…………」

ずっと難しそうなまゆ毛をしていたユイの顔の筋肉が、ゆるむ。


しばらく父と対話をつづけたユイは、だんだんと「ちょっと時間はかかるかもしれないけど、やっていけるかな」という気がしてくる。

「あれがじいちゃんじゃないとすると、なんでわざわざ作ったのか、意味がなくなっちゃうもんね。わかった。葬式は、いいや。代わりに、三人でお祝いしよう」

今度はハザマが首をかしげる。

「何の、お祝いですか？」

「なんか、そういう気分なんだよね。……なんだろう？」

石黒教授と三人の生徒　3

今日は教室の外では小雨が降っている。

じめじめと蒸すが、あつがりのナカガワがおとなしい。そもそもアフロヘアをやめれば涼しくなると思うのだが、他人の外見に口を出す趣味はない。

エリカはどうも元気がない。よく見ると、首に巻いていた巨大なヘビの姿がない。聞けば、失踪してしまったのだという。あんな巨大なヘビがいなくなるとは大問題だが、といって彼女に何かできることもなく、こうしてゼミに出席することを選んだそうだ。

ナツメは相変わらずプライドが高そうな顔をしているが、彼も文鳥の姿がない。ペットがいなくなったマツコに、気を遣っているのだろうか。

エリカ、ナカガワ、ナツメの三人との講座も二日目に入った。

今回は「コミュニケーションメディアとしてのロボット」「人間の想像力」そしてそこから「人間とは何か」「自分とは何か」を考えてもらおうと思って

いる。

私は三人に対して議論の前提として、コミュニケーション・メディアの歴史について講義する。

「電話の発明は、空間を超えて人と人を結びつけ、電子メールの発明は、空間と時間を超えて人と人を結びつけました。メールが登場したことによって、電話のようにはすぐに応答する必要がなく、読みたいときに読め、返事ができるようになった。これは大きな発明です。インターネットの普及によって人間社会は大きく変革し、人間と技術が一体化することにより、人間社会は進歩しました」

そしてコミュニケーション・ロボットはネットのように人間の生活に深く入り込み、そのスタイルに大きな変革をもたらした。

「そのあたりのことは、僕たちも社会科の教科書で学びました。ネットの普及を起爆剤とする高度情報化社会のあとに、ロボット社会が来た、と」

「ナツメくんの言うとおりです。なかでもロボットがコミュニケーション・メディアとしてとくに有効だったのは、幼稚園くらいの小さい子や高齢者にとって、です。人はひとりで生きていくのではなく、社会の中で人を感じながら生きていくことを求めています。ロボットが電話やネットよりよかったのは、物理空間にあって、『存在感』を伝達するメディアとして機能したからです。

ロボットの技術とスマートフォンの技術が合わさった、使う人や用途に応じた『適切な存在感』をもったいろいろなロボットが世の中に現れた。このあとの時代には、もっと簡単に持ち運べる、手のひらサイズのものなんかもね」

ナカガワが「人と日常的に接するロボットは、人のかたちの方がいいのか？」と訊いてくる。

「そうともかぎらない。ただ、コミュニケーションのツールとしてはヒト型のほうがいいこと、人間のかたちをしていないとダメな状況もある」

ロボットがヒト型であったほうがよい状況として、たとえば高級ホテルのコンシェルジュのように「信用が必要とされる」場合がある。それから、ガードマンや警察のように、服を着て人間のかたちをしているほうが威嚇として有効な場面もある。あるいはベビーシッターもゴツゴツと機械然としたロボットでないほうがいい。

「ロボットは見かけと機能のバランスが大事なんです。求められる機能によって、姿かたちが変わる。変えないといけない。たったひとつの『正解の姿をしたロボット』なんてものはないわけです」

「まあねえ……ガイコツっぽくて兵器にしか見えないいかついロボットが、ドラえもんみたいにダメ人間に対してもやさしいんだろうな、とは思わないものね。あのさ、アタシ聞きたいことがあるんだけど、人間と比べると、お人形って存在感はないわけじゃない。動物と比べてもそう。前に見てもらったうちのデルちゃんの存在感、すごかったでしょ？」

「そうね。あんなでかいヘビ、一回見たら忘れられないね」

エリカは気丈に語ろうとするが、つらそうだ。

「でしょ？　ロボットはどうやって『存在感』を出せるようになったわけ？」

「人間と比べると、長いあいだロボットの存在感を出すことは難しかった、薄かったんです。どうやったら出せるのか、ずーっと研究されてきました。ひとつわかったのは、たとえばね、人間がする予測と、その対象の動きが合致しているときに存在感がするんです」

精神疾患の人たち、事故に遭って頭部に外傷を負った人の中には、身近な人間をエイリアンやロボットだと言い出すケースがある。カプグラ症候群と呼ばれるこの現象は、対象に対して親しみやすさが喪われ、なにかが欠けていると感じる状態にある。

存在感を受け取る能力がなくなっているのだ。

カプグラ症候群の人たちは、外界からインプットされる情報の処理システムが壊れているのか、インプット自体がおかしくなっているのか、あるいは両方おかしくなっているのかが議論されてきたが、現在では両方がおかしいという見解が主流である。

少し黙っていたナツメが口を開く。

「だからカプグラ症候群の方は、自分がする予測と対象の動きが合致しないと感じてしまう、したがって存在感を感じることができない、ということですか」

「たぶんね」

「なあ、それって……逆に言えば、人間の感覚のほうをいじっちまえば、蠟人形みたいなロボットにも人間並みの存在感があるって思えるようになるってことか？」

「そういうことでもあるね。そもそも『人間』とひとまとめに言っても、処理能力には個体差があります。たとえば、人間相手には脳があまり反応しない自閉症の人の一部には、ロボットやアンドロイドには反応する人もいます。そうでなくても、内向的な人ほどロボットに友好的な傾向がある。じゃあロボットやアンドロイドと人間は何が違うのか」

「またその違いの話になるわけね……」

「しかし、僕はわからないんですが、ロボットに対しては心が開けるのに、人間に対しては開けないとは……どういうことなんでしょうか。その人たちも脳の情報処理システムがどうかしているんですか？」

「いやいや、そうともかぎらないですよ。人と直接対面するのは苦手だから手紙や電話などでやり取りするほうがいい、という人間も昔からいますからね。多様なコミュニケーション方法が許されるなかで、人間はそれぞれに自分らしい生き方を見つけられるわけです」

「僕には疑問です。なんでもかんでも完全再現するより、情報が抜け落ちていたほうが想像力を喚起する、だから使いやすい、というのは本当でしょうか？」

ナツメの質問に、私は娘のジェミノイドを作ったときの話をする。

「娘をかたどったアンドロイドをうしろから抱きかかえようとして、その頬に顔を近づけると、娘のにおいがしたんです。もちろん、においなんかつけてません。つまり、アンドロイドを特定の人間らしい姿形にしただけで、私はにおいまで再現されたように感じてしまったんです。人間はね、視覚とか聴覚とか嗅覚とか……多くの感覚を使って相手を認識しているわけ。このときひとつかふたつの感覚が十分に刺激されれば、他の感覚も刺激を受けたように感じるんです」

「んー、落語に似てるな。落語も、客の想像力に頼る芸だ。背景も衣装も小道具も、みんな客に想像してもらわなきゃいけない。『火鉢』だと言って演者が指を出せば、客はそこに火鉢を見る」

「そう。そうやってうまく想像させられるのが、いい噺家。テレノイドも、脳が勝手につくりだす情報を、通信しているお互いにとって適度なものに調整する、いい方向に差し向けている」

「でもさあ、そんな都合のいい想像させちゃったら、悪いことにも使われるんじゃないの？　アタシ、騙される自信あるんだけど」

「たしかに、テレノイドを使ってカウンセリングを受けている精神疾患の人間が、先生を信頼しすぎて自分から銀行口座の暗証番号をペラペラしゃべってしまう、といった問題も起こりました。新しいメディアが登場すると、いつもこういうトラブルは起こるんです。しかし徐々に対策が整備され、問題は収束していきます」

「先生はなぜ、テレノイドみたいな奇妙なものを作られたんですか？」

「簡単に『わかる』ものって、おもしろくないでしょう？　すぐには『わからない』もののほうがいいんですよ。科学でもなんでも、わからないから人は追求しようと思う。わかりきったことなんか、情熱を燃やす対象にはならないですよ」

「わかんない方がいい……？　アタシ、いま全然わかんないんだけど」

私は今日の論点をとりまとめ、彼らに宿題を課した。

講義を終えようとすると、エリカがつぶやいた。

「ねえ先生。ジェミノイドみたいに遺すのも手だけど、なんにも遺さないのも、選択としてはアリよね?」

「遺したいひとは遺したらいいし、それができなくても、自分たちで納得していたらいいと思いますよ、もちろん」

ナカガワとナツメは、あのヘビのことかと悟ったのだろう、神妙な面持ちで黙っている。

「ハル2とかカズオさんのアンドロイドの話を思うと、いなくなっちゃったデルちゃんとか、うちの死んだ父親とかさ、もしコピーしてアンドロイドを作っていたとしても、それってやっぱり本人じゃないのかな、って思うの。もちろん、本人じゃなくたって、目の前に実体があってくれたほうが嬉しかったり、思い出しやすくなるっていうのはわかる。でも、アタシのデルちゃんや父ちゃんは、機械にはなんなかったけど、それで別によかったと思うの。それに、寿命があって気まぐれに消えちゃったデルちゃんよりも、死ぬことのないロボットのペットのほうがよかったとも思えないのよ」

自分を説得するように一気に語ったエリカに、私は応える。

「私はね、みなさんに、深く考えられる力を身に付けてほしいんです。『こういう考えが正解です』と言うつもりはない。深く考える力というのは、いろんな角度から論理的に検討する能力のことも指すけれども、君みたいに、物語や事例から自分ごととして受け止めて、納得がいくまで考えるということも、すごく大事なんです。ただ注意してほしいのは、人間はね、自分が選んだ選択肢を正しいと思うような認知バイアスがあります。どうしても自己を正当化したい生きものなんです。それには気をつけたほうがいいと思う。決してエリカさんの今のきもちを否定するつもりはないけどね。少し時間を置いて冷静になれる日がきたら、ぜひまた考えてみてください。ナカガワくんやナツメくんも、自分がエリカさんと同じ立場だったらどう思うか、考えてみるといいと思います」

じゃあ、今日はこれで――と言って、私は教室から去る。

とりのこされて　Wish You Were Here

九月六日正午、老舗ショッピングモール「高田屋」で一五人が死傷する事件が発生。「自分がメンテナンスしていた接客用女性型アンドロイドを破壊された」として、同モール勤務のロボット技術者・片山直人（三〇）が逆上。破壊した相手である宇田川静雄（二四）ともみあいになり、宇田川は近くのエスカレータから転落、巻き添えで一五人が死傷した。

自分のような人間を二度と生まないために、この手記を書く。

一五人を死傷させた人間・片山が僕だ。「ショッピングモール・アンドロイド殺傷事件」。僕は事件当時、怒れる三〇歳だった。理系で博士課程まで進学してから就職したから、社会人経験は三年目。テレビのコメンテーターに形容された僕の外見的特徴は「チャラチャラとした雰囲気の茶髪の男性」。「イケメンがなぜアンドロイドに恋を？」などと報道された。どうでもいい。

僕は東京に生まれ、幼少期から科学技術全般に親しんだ。思春期以降はエンジニアリングに関心をもち、ハードウェアづくりが好きだった。そして旧帝大の工学部に進学。それでも三人兄弟のなかでは僕がもっとも成績が悪い、末っ子だった。

父は都市銀行に勤め、母は官僚。ふたりは性格的にも保守的なエリート。

僕は集中力はあるが飽きやすく、学校の成績も浮き沈みが激しかった。

つまらないこと、気に入らないことがあると爆発した。注意力に若干の欠陥があるとわかったのは高校生になってからだ。出来のいい兄貴ふたりと比べられ、つらかった。

それがイヤで、僕は「他人からの評価ではなく、自分の興味を追求して生きる」と高校入学時点で決める。

機械工作が狂ったように好きだった僕は、ロボット・アンドロイドに関してだけは飽きなかった。技術は着実に、ロボットの動きを変える。だんだん、本当に少しずつだけれど、思いどおりにできるようになっていく。「これができるならこうすれば……」というアイデアもいくらでも浮かんだ。それが楽しくて、(自分で言うのもなんだが)目をきらきらさせながら勉強した。僕はとくにサービスロボットに興味があって、夢中で研究開発に励んだ。自分でつくった機械の手ざわりは、何よりも愛おしかった。

父母は高校で進路を決めるころまでには自分たちの望むエリートコースを僕が選びそうにないことを悟る。だが三男ということもあり、進学先や就職先に執着しなかった。ただ、兄ふたりに比べると扱いはよくなかった。なぜだ？

　両親も兄たちも世間の目をやたらと気にしている。いや、「世間の目を気にする」という言い方はおかしい。他人のせいにしている。そうではない。うちの家族のような人間こそが息苦しい「世間」を構築しているのだ。自分でつくりだした「世間」のイメージやルールに、勝手に従い、支配されている。こういう人間たちばかりだから「世間」はつまらない。うちの家族のような人間が、世の中をつまらなくしている。想像力のない、虚無だ。世の中は、変えられなければならない。

　僕は、その可能性をアンドロイドに託していた。わくわくするサービスロボットをつくって、世に広めたかった。そういうものが社会に普及すれば、窮屈さを感じずに人々は生きていけると夢想した。単細胞である。

　学歴からすれば大学で研究職に進むなりハードウェア開発や生産を手がける大手企業に進んでもおかしくなかったが、駅や病院、商業施設で稼動するサービスロボット、エンターテインメントロボットの研究開発から生産、現場での運用までを手がける中堅企業に入った。

　企業規模が大きいところは、分業が進んでいる。僕はなんでも自分で手を出したかった。現場か、それに近いところでアンドロイドをいじくっていたい。それには小さい会社のほうがよかったのだ。アンドロイドに、技術者として触れ続けていたかった。強がりではない。本当だ。

*

くそったれな事件が起こることになる例のモールで、僕は技術者として複数のアンドロイドの調整に携わっていた。僕が開発の根幹に関わったものではないが、運用にはかなりの裁量が認められていた。もちろん、モールや店舗の担当者の意向を聞きながらの調整だ。アンドロイドやモール内に張り巡らされたセンサが記録している、来店者の会話や移動のトラフィックを分析しながら「こうするともっと売上が伸びるのでは」などと提案するのも僕らのチームの仕事だった。こういう仕事は大得意だった。

たとえばミナミという接客用アンドロイド。

これはアンドロイド自身もそのショップの服に身を包み、モデルのような美しさと商品説明の巧みさを兼ね備えた存在として日々、店頭を彩るものだ。

基本的にはお客さんと音声認識での対話を用い、補助的にタブレットコンピュータを使う。服は丈の調整だとか細かい仕様を決める必要があるから、そういう質問はタブレットで行うのだ。あるいは、言葉でやりとりするよりも図で示したほうがわかりやすいものなどもディスプレイで示したりする。

人目に触れるところでアンドロイドと話すのは恥ずかしいと思う人などは、最初からタブレットでの対話を選ぶ。

音声認識をする場合でもタブレットでも、デパートでは「自由にアンドロイドに話してください」とするより、アンドロイド側から客に対してストーリー、コンテキストをリードし、制限したほうがいい。技術的に自由会話をさせるのが難しいということもある。なにより、自由に話してもらっても、ビジネスには結びつかない。「お名前は何ですか?」「男性? 女性?」「何をしにいらっしゃいましたか?」といった、普通に聞きそうなことをあらかじめ準備しておき、その後はいくつかのシナリオをベースに対話を進めるのだ。

アンドロイドは熟練した人間のスタッフよりも、成績が優れている。そして、生身の人間の二倍の数の接客ができる。どうだ!

人間のスタッフに声をかける客は、あるていど買うことを決めている人だけだ。迷っている人間は、声をかけたがらない。「声をかけると何か買わないといけないんじゃないか」というプレッシャーを感じるからだ。でもアンドロイド相手なら気後れしない。

ほかには、ショーウィンドウ用のアンドロイドも手がけていた。そのむかし、ショーウィンドウはデフォルメされたマネキンではなく、人間そっくりの人形が使われていたという。

だが人間そっくりのタイプはすたれ、抽象的な姿形のマネキンが使われるようになった。

しかしショーウィンドウの本来の目的は「売場にあるものを身に着ければすてきになれる」という想像をさせ、美しさやステイタスであることを実感させることだ。だからときどき、人間をウィンドウの中に入れてみせるイベントが行われる。

ショーウィンドウ用アンドロイドは、マネキン本来の姿に立ち返ったものだ。生身の人間を長いあいだウィンドウの中に入れ、ステージの上に立たせることは難しい。アンドロイドならいくらでも微笑みながら、多くの人に幸せな時間を連想させられる。ショーウィンドウを見る人には、期待がある。ガラスの中の人間が疲れ果てた姿など見たくない。ショーウィンドウの中で人間らしく振る舞えるのは、アンドロイドであって人間ではない。アンドロイドであって人間ではない！

高価格帯の商品ほど、アンドロイドを使ったディスプレイは効果があった。

高級品は、単に機能が優れているから買われるわけではない。たとえば映画スターが着ている服や時計を見て「自分も身に着けたい」と思うように、憧れやステイタスを買う側面もある。誰が身に付けるか、どんな存在のイメージと重ね合わせるかで、商品の価値は変わる。アンドロイドは神秘性の演出に向いていた。

アンドロイドは無数の行動モデルを組み合わせることで、多様な感情、表情を表現できる。口角を少し持ち上げて微笑めば幸福そうに見える。覚醒度合いが高いと目を少し大きく開け、まばたきの回数を少し増やす。

表情を変え、感情を表現する。アンドロイドに備えた感情パラメータをあるていどランダムに変化させることで、「この子はいったい何を考えているんだろう？」と観る者に想像させられる。

ガラスで顧客とは隔てられた空間に置き、対話どころか発話もさせない、音声に反応しないようにすることで、その神秘性は深まる。このあたりは空間デザイナーからイメージやコンセプトを聞きながら、照明などとも連動させて調整する。

細かい工夫が、成績に結びついていった。やりがいのある仕事だった。あの最悪すぎる事件が起こるまでは。

＊

例の事件を、主観的に再構成してみよう。

僕は定期のメンテナンスのために滞在していたモールで、「アンドロイドにイタズラがされている」との連絡を受けた。なんだ？　めんどくさいな……と正直思った。

商業施設内には複数の監視カメラがあり、リアルタイムでモニタされている。問題行動が見つかれば警備員が駆けつける。幼児を除けば、接客用アンドロイドに過度のちょっかいを出す人間はほとんどいない。

ヒマで寂しく、対話相手を求めて毎日来る失業者や老人もいるが、たいがい無害である。そういう相手を気持ちよくさせつつ、購買意欲がない人間には自然とお引き取り願うよう会話パターンを調整するのも、僕の仕事だった。ロボットは一度来た客を顔認識で覚えておくことができる。しつこい客には「二〇日連続のご来店ありがとうございます」「たまにはお買い物していってくださいね」とやんわり言うようにさせていた。

報告のあったイタズラは、監視カメラの死角を突いた、計画的な犯行だった。反ロボット団体のしわざか、それに影響を受けた人間によるものだろう、とピンときた。

彼らはSNSを通じて、著名な商業施設へのテロ行為、破壊活動を助長する情報を流していた。「ここがセキュリティホールだ」「こうすればつかまりにくい」といったものだ。そういう情報を見つけてモール側に対策案を出し、実現に向けた予算の折衝をすることもたびたびあった。ちょうどこちらの提案が金額面で折り合わず、対策が見送られた矢先のことだった。モール側の責任問題になることは間違いない。

僕が担当していた接客用アンドロイド数体にイタズラ、破壊行為を行った宇田川は、僕と同じ経路で情報を手に入れたらしいことが発覚している。彼はしかし、ネットワークから入手した犯行プランを実行して人知れず消えていくのではなく、目立とうとした。

宇田川は自分がいたフロア内の服飾店で接客にあたっていたミナミ一体を店外に引きずり出し、エスカレータから突き落とそうとしていた。報告を受け、モール内を早足で巡回していた僕はその現場を遠目に目撃し、駆けつけた。ミナミを乱暴に扱う宇田川を見て、脳天の血が沸騰した。

僕の動きに気づいた宇田川は下りエスカレータを使って逃げようとする。

しかし彼は誤って上りエスカレータのレーンに入る。宇田川は肩に抱えたアンドロイドをエスカレータの手すりの外に投げ捨てて逆走を試み――たところで、僕が追いつく。僕は勢いに任せて、宇田川が投げようとしたミナミに両手を伸ばす。必死だった。アンドロイドを、救いたかった。

しかし手は届かず、アンドロイドは階下に落ちる。転んで体勢を崩した僕は、宇田川の身体に寄りかかるような格好になる。

僕の体重のかかった一撃で宇田川はエスカレータを後ろ向きに転倒、その背後にいた人たちを大量に巻きこみ、一〇メートル近くなだれ落ちた。

まさか、と思った。頭が真っ白になる。

気づけば僕だけが、下のフロアまで転げ落ちることなくとどまっていた。高田屋は天井の高いフロアづくりをした建物で、フロアとフロアをつなぐエスカレータはかなりの長さに及んでいた。エスカレータから落下したミナミも階下にいた老人を直撃し、死亡事故となった。

僕のアンドロイドが、人を殺してしまった。

このショックは筆舌に尽くしがたい。

僕は宇田川という犯罪者を止めようとした。

だが脳挫傷で植物状態になった宇田川はそれほど問題視されることはなく、「突き落とした人間」のほうがフォーカスされた。理由は簡単だ。宇田川は移民の母と重度の身体障害者である父を持ち、貧しい家庭に育った。そのうえセクシャルマイノリティでもあった。マスコミが叩く材料としては不適切だった。

対して僕は、クソみたいなエリート一家の末っ子だ。

それも自分がつくった女性型アンドロイドの皮膚をなで回し（それくらいチェックするのは当たり前だし、お遊びでちょっかいを出すことは技術者なら誰でもやっている）、恋しているのではないかと思われるくらいアンドロイドに情熱を注いでいた変人、変態とみなされた。古くさい価値観に染まりきったマスコミが好奇の視線を降り注いだのは、僕のほうだった。

その後の事件報道や裁判では「なぜ片山はエスカレータで目の前にいる人間よりもアンドロイドを気にかけたのか。迷わず宇田川の身体を捕まえていれば惨事にならなかった」ことが争点となった。「片山はアンドロイドを落とされてカッとなって若者を突き落としたのだ」というわけだ。僕は正直に「故意に突き落としたつもりはないが、アンドロイドをめちゃくちゃにされて怒っていたことは事実」「手塩にかけて育ててきたアンドロイドを、見知らぬ人間より先に助けるのは当然」と警察に供述したため、物議をかもした。

会社の人間を経由して僕が裸体の女性アンドロイドとにやけた顔つきで並んで撮った写真などが流出したこともあり、「常軌を逸したアンドロイド好きが、アンドロイドのために人間を殺した事件」としてマスメディアは煽るようにして取り上げた。「ロボットに触れすぎると、ロボットと現実の人間の区別が付かなくなる」といった前世紀から変わり映えしない意見を語る、頭の悪い精神科医や評論家もあらわれた。

僕が「軽薄そうな外見」とは裏腹に、それまで恋人がいたことがなく、童貞であったことも「女性型アンドロイドに恋する青年の犯行」という偏見を助長したらしい。「ナルシストの度がすぎて恋人ができなかったんでしょう」などとコメントした評論家の顔と名前を、僕は一生忘れない（「評論家」という肩書きでマスコミに出ている人間は本当にゴミしかいない）。

生涯未婚率は男性が四割近く、女性が三割という日本社会のなかでは、僕のような恋愛経験の乏しい人間は少なくない。なお僕は女性が好きな男性である。

ただ、恋愛をしている時間がもったいなかった。そんなことよりアンドロイドをいじっている方が楽しかった。強がりではない。悔しまぎれでもない。僕は無駄な時間が嫌いなのだ。ほとんどの人間よりは、アンドロイドが好きだった。ただし断じて性的に好きだったのではない。彼女たちとセックスしたことはない。彼女たちを物理的にあるいは空想的に使って射精したことは一度もない。

自分の作品として、自ら生み出したパートナーとして愛していただけだ。そこに自分の好みや理想が反映されていたことは否定しない。誰だってマシーンをカスタマイズして「愛機」と呼んだりするはずだ。

そういうことが、くそったれな世間には伝わらなかった。

三審の末、僕は刑務所に入る。

＊

「イチ、ニ！　イチ、ニ！」と号令をかけて受刑者がぞろぞろ、てきぱきと歩く軍隊式の行進。はじめは非人間的なものに思えた。

だがロボットには号令をかける必要はない。これはこれで人間らしい振る舞いだ――などと思ったのは、どれくらい昔だったか。人間的でもロボットのようでもどちらでもよい。ファシズムめいていて僕は大嫌いだった。

僕は服役中、テレビや新聞、雑誌などの情報を通じて、アンドロイドがますます社会に溶け込んでいくさまを知った。事件当時は「アンドロイドのために人を殺すなんて、頭がおかしい」と言われて腹立たしかった。しかし僕が十数人を死傷させた代償として収監されていた長い長い月日は、人々の価値観を一変させるには十分だった。

まずやってきたのは特定のミュージシャンや俳優をかたどったアンドロイドによる芸術活動、芸能活動の浸透だ。僕の事件とほとんど変わらない時期からすぐれた業績をあげたパフォーマーの技能をコピーするアンドロイドをつくる団体が活動を開始し、事件から五年ほど経ったころからポップミュージックの世界ではアンドロイドたちがヒットチャートを席巻しはじめた。これがアンドロイドに対する世間の見方をがらりと変えた。

僕の事件を受けて、当時は先進的だった高田屋はロボットやアンドロイドによる接客の度合いを大幅に減らし、人間を採用しなおしていた。

結果、売上は低迷した。

ざまあみろと思ったが、けれど舌の根も乾かないうちに有名人のコピーのアンドロイドなら称賛される時代が来てしまったのだ。

複雑な想いがした。

それからさらにわずか十年ほどで、特定の人物をかたどった人間酷似型アンドロイドを破壊する行為は傷害罪に準ずる扱いを受けるようになった。自分そっくりのアンドロイドを遠隔操作して生活、労働する人たちが増え、「身体の一部」として用いていることが社会的に認知されたからだ。

人類の歴史を遡れば、動物虐待が法規制されはじめたのは近代に入ってからだ。それまで動物の命は、軽い扱いを受けていた。ロボットも、動物と同じ道をたどった。いまや動物と同様かそれ以上に人間社会に浸透したロボットに対する虐待を平気で傍観できる人もまた、少ない。

人間は、ロボットに権利を与えたのだ。

僕は「そうなればいい」とずっと思ってきたが、いざ本当にそうなると、戸惑いの方が大きかった。社会と隔絶されたところで知る社会の変化は、夢物語にしか聞こえないのだ。

また、家庭用ロボットを破棄するさいに葬式を行い、供養することも一般的になった。

僕らが手がけていたBｔｏBのロボットでは早い段階から、剝き出しの状態で燃えないゴミや粗大ゴミとして捨てることはマナー違反とされてきた。しかしロボットが家庭にまで広く普及すると、壊れた場合、不要になった場合の処理の仕方に、社会的な合意が形成された。

そのへんに捨てておくことは、放置された動物の死骸同様のショックを見る者に与えるため、許されなくなった。ロボットにも弔いが必要だということを疑う人間はもはやいない。ロボットが壊れ、役割を終えることには、独特の悲哀がつきまとう。

世間では何度目かの「家庭用ロボット元年」を経て、本当のロボット社会が訪れた。

安くて高性能なロボットが、「一家に一台」以上に普及した。

ゲームもできる。人間との通信もできる。ロボット自体ともコミュニケーションできる、語学をはじめとした学習ソフトなども詰め込まれている。誰もがロボットのソフトウェアを開発できる。そういうロボットが、安価で売られるようになった。すばらしいことだ。そう思うべきだ。けれど、素直にそう思えない。

空気アクチュエータよりすぐれた人工筋肉の開発、蓄電池の性能のブレイクスルーによる長時間稼働の実現、埋め込まれた電子素子の性質を利用して命令ひとつで形状や特性を変えられるプログラマブル物質をもとにした４Ｄプリンティングがコンビニですら可能になる……といったさまざま技術の進歩やコモディティ化も、ロボット社会の進展を後押しした。

それらは本来、僕にとって喜ぶべき変化であったのかもしれない。けれど僕は、その変化の渦中に「プレイヤー」として、一翼を担う存在として携わることができなかった。悔しいことに。

僕は技術書を両親から差し入れてもらい、勉強していた。しかしそれでも自分の持っている知識や技術は古びていった。それに、刑務所では、アイデアが思い浮かんでも、実際につくって試すことができない。考えて書くことしかできない。僕は自分が時代遅れになることが、たえがたかった。焦りを感じるくらいなら、いっそ情報をシャットアウトしようとも思った。

だが知的関心を消すことはできなかった。

自分の将来への心配もあった。出所してから仕事はあるだろうか、と。まともな仕事に就くことはできまい。とはいえ、不安でいたところでどうすることもできない。僕は日々の生活と読書に没頭することで、去来する恐怖を退けようとした。

時が流れ、ロボットやアンドロイドが社会に溶け込みすぎて風景の一部になると、今度はロボットの可能性や脅威について語られること自体が減っていった。当たり前すぎるものには、誰も強い関心を払わない。気まぐれに見える移り変わりは、社会に対する苛立ちや不満をよけいに募らせた。

人々に受けいれられた、と言っても、ロボットやアンドロイドに対する考えにはグラデーションがあった。

大半の人は、機械が人間よりも効率的に仕事をすることを受けいれた。

クリエイティブな活動でさえ、ＡＩのサポートを用いて行う人間は少なくない。著作権フリーの作曲プログラムや３ＤＣＧの自動生成ソフトなども出回り、「それなり」のものならセミプロの人間よりも人工知能の方がうまくできた。いや、それなり以上のものも、名人芸をコピーするジェミノイドのような存在であれば行えた。

世の中の仕事や家事の多くはロボットやアンドロイド、ＡＩが中心的に行うようになり、人間にはそれをサポートする。有力なＢｔｏＣロボット関連企業は、大量の広告を通じてメディアに対して力を持つようになった。ロボットやアンドロイド、ＡＩに対してフェテイッシュな憧れを持つ人間も増えた。「好き」「作りたい」「なりたい」と。

どうしてもう四半世紀早くそうなってくれなかったのか。僕は生まれ落ちた時代についての運の悪さを呪った。

ただ一方で、社会への不満を募らせた、反アンドロイド団体も増えた。

たとえばHS（ヒューマニック・ステート）はもっとも古くから活動する、先駆的で代表的な団体だ。HSの考えはこうだ。擬人化された機械（ヒューマノイド）の存在が、人々を真の人間的なコミュニケーション、生身の人間同士のふれあいから疎外し、機械が人間の仕事を奪う。人類を精神的にも経済的にも貧しくさせている。ヒューマノイドを破壊し、ロボットやアンドロイド関連企業の資本家を打破せよ。そうすれば人類は本来の人間らしさを取り戻し、経済的な不平等や精神的な苦痛を取り除ける――。

ばかげている。

宇田川が高田屋事件の参考にした情報もHSがもたらしたものである。

ただし、HSの創立者たちは、実はハッカーだったことがのちに判明している。

つまりロボット社会を促進させるために、簡単に破られてしまうセキュリティホールのありかをわざと示すことで、警戒レベル、対処方法をアップデートさせていたのだ。

彼らは一日でも早く、常人には対抗不可能な設備や警備体制を構築させ、テクノロジーの進歩を促すために、警鐘として情報をバラまいていた。そうした情報技術に優れた人間でなければ、セキュリティホールを発見できるはずがない。

テロの実行に及んだ末端の人間たちは、思想的には正反対のハッカーたちに踊らされていたのだ。宇田川のような人間たちがいたおかげで、今日に生きる人々は、セキュリティの行き届いたロボット・アンドロイド社会に生きられている。

僕はこのことを知ったとき、愕然とした。

そしてHS創設者たちの真実が明らかになったあとも、HSから分派したロボット・アンドロイド排斥運動、人間中心主義運動が衰えを知らないことにも驚いた。

人間は自分が信じていたものがウソや虚構だとわかったあとも、信じ続けてしまう。

「騙されたバカな自分」を、受けいれられないからだ。

それに対抗する、過激なロボット・アンドロイド至上主義者たちもいた。ロボットやアンドロイドのほうが人間よりも価値があると世に訴える集団である。

HSのような人間至上主義者とロボット至上主義者たちは衝突し、互いを罵り合った。

ただしそれは社会の表舞台で、ではなく、ほんの片隅でだった。

両極の意見があるなかで、着々と、淡々と、ロボット技術は進展し、社会に実装されていった。

僕が引きおこした事件は、その時点では大きな話題を呼んだ。だが、別のさまざまな事件によって人々の関心は上書きされた。服役中の僕に接触してきた記者、ジャーナリストはゼロである。僕は自分の考えを外部に発信するすべを持たなかった。

僕の人生は、こんなはずじゃなかった。

*

社会は勝手だ。僕はそこに背を向けて生きてきた。

社会がロボット万歳に傾くのなら、あえてすべてを捨ててみるのはどうか。テクノロジーから遠ざかる生活。

だがそんなことは不可能だ。

だいたい、こうして、ものを書く行為自体が、技術の産物に支えられている。キーボードやフリック、音声で入力するデバイスも、紙とペンも、自然にあるものではない。ログハウスなどをつくって生きる、などといったかたちで、世間で「自然とともに生きる」とイメージされている生活様式は、すでに十分に文明的だ。

田舎暮らしをしたとしても、電気やガス、水道を使わないで生きるのは難しい。仮に使わないにしても、住処を作るために使うであろう斧やナタからして、自然物ではない。人工的な、技術の結晶である。もっとも、動物も巣作りするのだから、環境に対して何もしないことが「自然」なのだと言い切ることもできない。その線引きは難しい。

ではロボットだけを避けて生きることは？

すでに社会のすみずみにまでロボットは進出している。せいぜいが家庭のなかに持ち込まないことくらいだろう。

しかしそれすら「偏屈者」として扱われることは間違いない。かつて携帯電話やスマートフォンと呼ばれたモバイル通信端末が、いまではみな小型ロボットなのだから。ロボットなしで生きていくことは、第一次大戦のときに戦車を用いず臨もうとした国家に等しく、二一世紀にインターネットなしで生きるのに等しい行為である。

筋肉が衰えた老人用の機械を避け、「ロボットスーツ（アシストスーツ）を使わず、元気に生きよう」などと提唱している人間もいる。しかしそういう人間はアシストスーツ、強化外骨格を使わないかわりに「自分の遺伝情報に合った科学的なトレーニングとサプリ」を推奨していたりする。

結局それは、生身の身体に対するフェティシズムでしかない。特定の科学技術を避け、別種の（「自然っぽく見える」といった）科学技術を好んでいるだけだ。

紀元前一五世紀、古代エジプト人は木と皮、あるいは石膏とにかわとリネンでつくった最古の義肢、人工のつま先を使っていた。ケガや糖尿病などでつま先を失った人々が、サンダルを履いて歩くために必要だったと推測されている。それくらいむかしから、文字どおり「テクノロジーは人間の一部」だった。

テクノロジーを捨てたら、人間は人間でなくなる。

なぜ、ロボットや人工知能ばかりが恐れられ、特別なものだと思われたのだろう。だいたい「ロボットとは何か」についての明確な定義はない。同様に、人工知能と呼ばれているものも多様である。

つまり、イメージが一義に定まっていない。定まらないはずなのだ。

すると、普及の度合いの進展がどれだけになろうとも、絶えることなく世の一部に蔓延しているアンチ・ロボット、アンドロイド・フォビアの運動とは、一体なんだ。

理屈ではなく、イメージの問題だ。

どんな時代にも、悲観的な人間、新しい技術に対して嫌悪を示す人間、何に対しても否定的で批判的な人間はいる。そういう人が標的として発見したのがロボットや人工知能だった。

あるいは、かつてはネガティヴなイメージがマスメディアにとって都合よく、いまはポジティヴなイメージのほうが何かと都合がよい。その程度のくだらないゲームに巻きこまれ、僕は汚名を着せられ、そして忘れ去られていった。

これが悲劇でなくてなんだろう?

過大な期待とおそれを抱かせたものが徐々に普通のものに、必要不可欠のものになる。このプロセスは、普遍的なものらしい。

自動車の歴史もそうだった。むかし父に聞いた話によると、インターネットもそうだった。父が「アンダーグラウンドで、新しいものだった」と語った時代のネットを、僕は知らない。サービスロボットが奇異で新味のあるものであった時代を知る人間も、もはや少ない。

予算の問題から、刑務所の慰問をするのが人間から備え付けのロボットになったのはいつからだったろう。ロボットやアンドロイドによる漫才、落語、演劇、歌謡ショーは、「僕ならこう動かすな」とか「内部構造はどうなっているんだろう」という想像をおさえきれず、僕にはつらい時間だった。

ときどきボランティアで訪れるミュージシャンや俳優も、ロボットやアンドロイドを連れてくることが多かった。芦村雪のライブと桐生狭間によるロボット演劇だけは、彼らとアンドロイドとの関係にまつわるエピソードの披露もあって、とても印象に残っている。僕もできることなら、アンドロイドと、いい関係を築きたかった。

*

刑期を終えて、久方ぶりに僕は外の世界に出た。

刑務所で人間が変わることは難しい。他者がいないからだ。

ヨーロッパやカナダでは事情が違うが、僕がいた刑務所では、刑務官や他の受刑者との密なコミュニケーションなどない。ルーチンがあるだけで、変化の糸口になるものがない。

それに、「外に出たらこれをやろう」と思っても、実現の機会が遠すぎると、モチベーションを保つことが難しい。年を取ればホルモンバランスが変わり、体力が落ち、やりたいこと自体が減じていく。「やりたいこと」があってもすぐにはできないから、希望を持つだけ苦しむことになる。若いころにはあれほど全身に満ちていた怒りすら、だんだん失われていく。

僕は減していく「生きる意欲」とともに、自分自身とモノローグを続けていただけだ。まわりに社会がなければ、人間は自分のことを知ることができない。自分の考えが特殊なのか、そうでもないのか、距離感がわからなくなった。いや、それはもともとだったか。

外の世界は、変わっていた。

刑務所のなかでもテレビや新聞を通じて知っていたつもりだったが、生で見ると印象は違う。

完全自動運転車は大都市ではやっと事故の起きないレベルのものになり、僕のような中高年がお世話になる健康診断や手術のほとんどは自律型のロボットが担っていた。人々が携帯するデバイスは生きもののように柔らかく、表情も付いて感情表現ゆたかだ。間近で見たときには、ギョッとした。

街頭でロボットやアンドロイドたちがぞろぞろと隊列を組んで政治的な主張を発しながらデモをしている様子にも面食らった。小さな個体が大多数で、かつ集団として統制のとれた行動をする群ロボット工学（スワームロボティクス）の研究は、僕が刑務所に入る前から蜂サイズのロボットでは進んでいたが、人間サイズでもコントロール可能になったらしい。複数人が遠隔操作で入っているのかもしれないが。

一方で、かつて通っていたショッピングモールはすでにない。僕が手がけていたアンドロイドも博物館にしかない。

出所後の生活はどうだったか。

父母は、僕を信じつづけてくれた。面会での言葉を信じれば、出所後も面倒を見るつもりだったようだ。若いころには退屈な父母を呪ったが、その愛情は本物だった。

だが、年齢には勝てなかった。

僕が出所する前に、ふたりとも亡くなった。僕は父が三八歳、母が三五歳のときに生まれた子どもである。僕は三〇歳で事件を起こし、それから三度の裁判があり、判決が下り、長い時間を服役に費やした。その間に父母は離婚し、「世間に戻ってきたときのことを考えなさい」と言った母のすすめで、僕は母方の姓「真木」を名乗ることにした。

兄は二人とも「助けてやりたいが、自分にも家族がある」と言い、アパートを借りるために必要な金銭の援助をしてくれただけだ。

兄たちにとって自分はいつまでも「できそこないの三男坊」なのだ。事件があったから？　いや、おそらくは、事件がなくても。それを変えられないまま、僕は死ぬのだろう。田舎は空き家だらけだったが、仕事を探すことが難しい。僕のような人間ならなおさらだ。

履歴を詮索されない、不問にしてくれる仕事を考え、都市部へ通える郊外を選んだ。廃墟のような、築七〇年を超える巨大団地の最下層の一室だ。建物のまわりには広大な公園があるが手入れはされておらず、人の姿はほとんどない。静寂だけがある。

引っ越して数日のうちに、住み処にひとりの男が訪れた。

インターホンごしにその姿を覗くと、真夏なのにスーツで決め、背筋のピンと伸びた、やや鋭角な目つきをした男が立っていた――よく見るとそれは、遠隔操作型アンドロイドだった。リアルすぎて、いまどきアナログな裸眼（ようするに老眼）の僕には、一瞬わからなかった。

彼はロボット至上主義者団体に所属する者で、団体の主宰者は僕の存在を自分たちの運動のルーツと位置付け、尊敬しているのだという。

なんのことかわからなかったが、あの事件を「アンドロイドの方が人間より価値があることを世に訴えた」ものとして彼らは捉えているようだった。

ついては当団体の顧問に就任し、ともに活動してほしい、と言う。

唐突すぎる。

それに僕は「アンドロイド総体」のために行動したのではない。自分が手塩にかけて扱っていた「あのアンドロイド」を助けるために事故を起こしてしまったのだ。顧問になれば食うに困らないことは魅力的だが……こんな団体に協力するのはどうかと思った。

すると彼らは提案してきた。

何もしなくてもいいから、アンドロイドを作らせてほしい、と。

あなたの似姿を何体もつくって、我々の思想を世の中に広めるために使わせてほしい、と。言うまでもなく、違法である。特定人物から型を取ったアンドロイドを遠隔操作によって本人以外が利用することは原則禁止だ。自律型での運用でも、家族による利用以外は禁じられ、起動には指紋や虹彩認証が義務づけられている。

しかし彼らは法を破ってでも、協力してほしいらしかった。

それを許可してくれたら老後までの生活も保障する、と言う。僕には仕事もない。失うものはない。悪用されたときにはふたりの兄貴へ影響は及ぶが、彼らももう定年退職している。

もしアンドロイドをつくらせてもらったあとで同じ顔のままで生きていくのが心配なら、「顔と名前を変えての生活も用意する」とまで言う。

「このまま人生を続けるか、まったく別人になって生きるか。このまま人生を続けても、働くあてさえない。別人になれば、一生暮らしていける。あなたが送りたい人生はどちらですか」

団体からの使者は僕に迫った。

失礼なやつだと呆れながら、しばし僕は考える。

彼らがよけいなことをしなくても、ロボット社会は進んでいる。

世間は勝手だ。

だからこそ、こうも思う。社会をざわつかせるノイズ、時に思考を促す雑音、あるいは日々の退屈へのひとときのスパイスがあったほうがよいのではないか。

過激派に自分のコピーが何百体も作られ、おそらく罵詈雑言を世に撒き散らしたり、世間を騒がせたりする。こんな経験はなかなかできるものではない。他人事なのであれば、正直に言えば見てみたいものだった。僕の代わりに積年の鬱屈を晴らしてくれる何かがいるのなら。

しかし、彼らはシンボルとしての「事件を起こした人間としての僕」がほしいだけで、僕個人そのものは不要なのだ。こんな不愉快な話はない。

それに、ロボットやアンドロイドを称揚するのは今では主流派の考えだ。どうして彼らはそんなことを主張しているのか?

悩んだ僕は、ひとまず彼らの代表と会ってみることにした。

＊

さし上げますのでぜひ遠隔操作型ロボットで来てほしい、と言われたが、僕はこの国で彼らが拠点にしている事務所へ直接足を運んだ。

お互いロボットを使うなら物理空間で「会う」必要はない、と思う僕は、古めかしい考えなのだ。

老いた身にはこたえる距離を移動し、後悔がめばえたころに、湾岸部にそびえる高層ビルにたどりつく。そこにワンフロアぶち抜きで彼らは事務所を借りている。そこにはロボットやアンドロイドしかいなかった。

このロボットたちは遠隔操作なのか自律型なのか？　どの機体も動きは自然だ。世間で稼動している大半のものより、はるかに。僕が現役のころには遠隔操作でも自律でもこの動きは難しかったものだが。

生身の人間が来ることはめずらしいようで、受付では怪訝な顔をされ、警備は警戒していた。生身の人間が来ないのであれば、なんのために物理空間を借りているのか。旧世代の人間には理解不能だ。

待合スペースは地上四五階から海が一望できる、絶景だった。

このビルにほかに入っているのは一部上場企業ばかりである。信じられない額の寄付で成り立っているというこの団体の財力を実感する。よくこんな僕と対話の機会を設けたものだ。

やがて『ブレードランナー』の冒頭に登場するような女性秘書がやって来て、代表室へと案内される。そこからも海の眺めがひらけていた。代表は球体フェチらしく、オブジェや小物、照明のデザインやペット型ロボットに至るまで、丸いものが空間に配置されていた。

強い日射しがさしこむ。アンドロイドの皮膚のシリコンを劣化させるので太陽光は避けたほうがよいというのが僕らの時代の常識だったが、今は違う。そう、相手は生身の人間ではなく、アンドロイドだ。

三〇代後半くらいの若々しく男らしい外見に、黒のスーツに白シャツ、黒ネクタイ。まるで葬儀屋だ。代表はそんな格好には似つかわしくないように思える、窓から降り注ぐ後光をまとっていた。ロボットは目に入る光の量を調整できるから、直射日光でもおかまいなし。彼は応接用のソファに私を促す。こんなにやたらと体が沈むソファに腰掛けるのは、いつ以来だろう。

「ご足労いただき、ありがとうございます」

互いの名を名乗り、お決まりの挨拶を済ませる。

実際に会うことにしてから、僕は彼らについて少し調べた。

ロボットやアンドロイド、人工知能を人間より上位の存在だと主張する団体はいくつもある。それらは各々に主張が違う。

たとえば、ロボット至上主義なのか人工知能至上主義なのか。これは、身体を持つかどうかの違いである。ロボット至上主義は、さらにアンドロイド至上主義なのかどうか、つまりヒト型であることを重視するかどうかで別れる。しかも、アンドロイド至上主義は、特定の人間をかたどったヒト型を最上のものとする派閥と、それを否定する派閥がある。ややこしい。

僕にコンタクトを取ってきたのは、知能ロボット至上主義団体だ。ロボットでもアンドロイドでも人工知能でもよく、人間を規範とした機械であることを絶対視しない。

彼らは、自らの姿と似ていないアンドロイドに「入る」(遠隔操作する)ことにも抵抗がない。つまり目の前の若々しい青年が、リアルな彼の姿を映したものとは限らない。生身の人間と話すときにはヒト型の端末のほうが認知科学的に理にかなっているから、アンドロイドを選んでいるにすぎなかった。彼らのような人たちは、遠隔操作型ロボットを題材にした映画から名前を採って「サロゲータリアン」と呼ばれていた。

「失礼ながら確認ですが……ジャクスンさんは遠隔操作ですよね。それともまさか自律型？」

「どちらでもいいでしょう。私たちの目指すところは遠隔操作と自律になんら違いがない世界なのですから」

自然な発話をして、ジャクスンは笑う。僕は彼らの思想をもっと知りたかった。僕のアンドロイド化のオファーの真意を知りたかった。それが万が一納得できるものなら協力してもいい。そうでなくても、今の世の中を知る糸口くらいにはなるだろう。

彼らの基本的な考えはこうだ。

われわれは将来のブレインアップローディング時代に備えるものである。しかし、人間の脳だけをデータにしたところで、自分の外側にあるものに触れ、情報を入出力する器官がなければ知覚も行動もできない。だからコンピュータに思考をエミュレートさせるだけではなく、身体をロボットやアンドロイドにすることでこそ、ブレインアップローディングは完成する。それによって人間は不死になり、賢くなり、病気から解放され、外見を変えて生きることができる。もっとも、人間のブレインアップローディングまでは時間がかかるだろう。マウスの全神経回路をエミュレートするのに成功し、ようやく次の段階に進みつつある程度だ。ともあれ、精神のデータ化と身体の機械化が実現すれば、人類は飢えや貧しさ、病気や死から逃れることができる——。

彼らの主張は、テクノロジーのことなどろくにわからないが社会に不満を持っている人たちまでをも、惹きつけていた。「少し、聞いてもいいかな」と僕は切り出す。

「仮にブレインアップローディングが可能になるとして……人間ひとりを機械で運用するにも莫大な計算能力とそれを支えるサーバ、電力が必要となる。それを最初に試すことができるのは君たちを支持している多数の貧民ではなく、資産家だ。たとえ技術が普及して安価になったとしても、貧しい人間たちはブレインアップローディング後も貧しい計算能力しか与えられずカクカクのろのろとした思考や動きしかできない。対して、持てる者たちは支払う対価に見合った快適な計算環境を手に入れる。格差はなくならない。君たちはそれを知っていて言っているのか、それとも……」

ジャクスンが失笑する。

「古いSF小説の読みすぎですよ、片山さん」

「しかし君は昔、SF作家だったそうじゃないか。SF作家が理屈を考えて宗教団体を作れば儲かる、などとSFファンの集まるイベントでむかし言ったとか」

「それは真意がゆがめられています。知性と理念が融合した思想・宗教を立ち上げられるのは一部のSF作家くらいのものだろう、と言ったのです。そして正しき団体になれば人も集まり、結果、儲かることもあるかもしれない、と。最後の儲かる云々はトークショーにつきもののリップサービスにすぎません。そこだけ切り取られてネットに流れているのは嘆かわしいことです。貧しい人間を集めていると先ほどあなたはおっしゃいました。ではなぜそんな団体が儲かるのですか？　主張のつじつまが合わないと思いませんか？」

僕は少し黙って聞いている。

「もし片山さんが先ほど言ったとおりだとしても、私たちは『他人と比べることをやめろ』と説いています。計算能力、個性はそれぞれ違う。生身でもそうです。機械の身体になったあとこそ、自分に執着するのをやめなくてはいけません。いえ、精神と身体のデータ化が完了すれば、われわれは個体としての意識を持つのみならず、他者とその一部を共有したネットワーク型知性になり、望めば忘我の境地に達することができます」

他人と比べるのはやめるべきだ。その思想には賛同する。

しかし、それ以外のことはすべてウソに聞こえる。彼らは人々に現実逃避を提供するだけの集団なのか。

「万が一可能なのであれば、そう設計すればいいだろうが……誰がどうやって設計し、運用するんだ？　君の団体にはそんなことができる技術者がいるのか？」

実年齢はわからないが、対面している相手が外見上は年下に見えるので、乱暴な口調になってしまう。ジャクスンは笑うだけだ。イエスともノーとも答えない。

ジャクスンは、議論を小休止することを提案する。ティータイムを経て、改めて団体の意図を説明させてほしい、と彼は言う。

＊

「人間の数は増えすぎています。人類は食料のいらない精神体になり、美しい地球を保つべきです。生身の身体を捨て、人間を減らす。生身の身体を捨てることを拒む人間も減らす。たとえば生身の身体に固執し、科学技術の進展を遅らせる連中とかをね。ああいった手合いが減れば、人類進歩の速度は増すのです」

合理的な選択であるかのようにジャクスンは言う。ぞっとする。彼が「人間至上主義者は殺してかまわない」と説いていることは、公然の秘密だった。

「殺人の肯定はいただけないが、今さら言ってもムダなのだろうな」

ジャクスンは笑う。では、と僕は続ける。

「もっと素朴な質問をさせてほしい。ブレインアップローディングをしたあとでも電力は消費する。食料はいらなくなるにしても、結局エネルギーは必要だ」

「宇宙に出て、太陽光でまかなえばいいのです。自然の力は偉大です」

「生身の人間は嫌いなのに、自然は好きとは、ふしぎなものだ」

彼らはブレインアップローディング後の人類を宇宙に旅立たせることを提唱していた。

僕は問いかける。

「ひとつ聞きたいが、それなら地球を美しく保つ意味はなんだ」

「地球の生物多様性がロボットや人工知能の発展に役立つからです。生体を模倣した機械、バイオミメティックなマシンをつくるにあたり、サンプルは多いに越したことはありません」

「機械に模倣されるために存在する多様な命、か……倒錯しているな」

同様に、彼らの考えでは「人間が機械を必要としているのではなく、機械が人間を必要としている。人間は機械の自律的な進歩に資するために存在している環境にすぎない」のである。どうかしていると感じつつ、しかし、若いころにこんなことを言われたら興味を持ったかもしれない、とも思う。

「アンドロイド・アーカイヴ財団のような人間中心主義的な選民思想よりは確実にマシだと思っています。賢さだの身体的な優秀さだの、おきまりのモノサシでしか価値判断ができない連中とは違うのです。私たちは多様性を重視します。だから犯罪者のような反社会的な存在のデータもコピーしておき、いつでもアンドロイドを作れるようにしているわけです」

「そうは言っても、百人いたら百人のデータをすべて遺しているわけでもない」

「無限に保存できるならそうしたいですが、現実的ではない以上、しかたありません」

結局は彼らとて選民思想なのだ。恣意性を設けて価値基準を明確に打ち出さなければ、思想集団など成り立たない。「なんでもいい」などという判断を下す団体に惹かれる人間はいないからだ。極端なポジションを取るもののほうが、人目を引きつける。

「片山さん。いえ、今は真木さんとお呼びすべきでしょうか」

「どちらでも」

「では片山さん。あなたならわかるでしょう。ロボットは世の中に普及しました。でも、ほとんどの人間は奴隷としてロボットがほしいだけ。いまだ自分たちをロボットより上にいるものだと思っている。実際ははるかに、ロボットが生み出す価値のほうが、人間が生み出す価値より上回っている。彼らは現実を見ていない。私はロボットを正しい地位に上げたいだけです」

「君の言うことは、多少はわかる。一昔前にあったロボット脅威論は、ロボットが社会に溶け込んだことに伴い、マイナーな主張になった。しかし、だからこそ逆にロボット至上主義も今どきは流行らない。ロボットは、あって当たり前の存在だからだ」

「そうです。でも現在のロボットの扱われ方は、われわれの望むロボットのありようではない。ロボット普及の度合いが問題なのではなく、存在論的な問題です。動物と人間とロボット、どれが上位の存在なのかということです」

ややこしい話が始まりそうだ。

「しかし、君の団体もここまで大きくなったなら、もう何も、僕のコピーなど必要ないだろう」

「いいえ。私たちにはシンボルが必要です。わかりやすい偶像が」

「世間では僕のことなど忘れ去られている。なぜ今さら僕なのか」

ジャクスンはじっと僕の目を見つめる。

「オリジンだからですよ。アンドロイドが人間を上回る価値を持った存在だと世に知らしめた、原点だからです」

「だけど何度も説明した。僕の考えは君たちとは違う。事件の背景にあった僕の真意も伝えたはずだ」

「あなたのなかではそうなのでしょう。しかし社会的にはそうみなされていない。社会にとって、あるいは私たちにとっての意味合いはそうではない」

「僕の意志はどうでもいいと？」

「ある意味では」

ため息が出る。ジャクスンが続ける。

「あなたは……あなたの意志はそうかもしれない。けれど神の意志は違います。私たちは個人の意志より神の意志を優先します」

やっと本性をあらわしてきた。

彼らは神の意志をつねに受信するための手段としてのブレインアップローディングと身体の機械化を提唱していた。センサネットワークを通じて神といつでも、どこでもつながることができるIoG（Internet of God）を。

「あなた本人はその自覚がないようですが、あなたは、神がこの社会を、人類を次のステージに進めるべく遣わした存在なのです」

「神の言葉の代弁者として都合よく使える道具がほしい、と。過激なことを自分の口からではなく僕を使って言わせれば、何かあったときに責任を取るのは自分でなくて済む」

ジャクスンは鼻で笑う。

「そんな存在ではないですよ、私たちは」

やはり彼の言うことは、わからない。

「君たちは、この社会に不満のある人たちを吸い上げて、ときに極端な行動に出ているけれども……社会を混乱させたいのか、変革したいのか、どちらなのかな」

「変革に混乱はつきものです。混乱が変革へのうねりを生み出すこともある」

言ったあとで、僕自身はどうなのだろう、とふと思う。

僕が考えていたように社会が変わってほしいという願望はあった。

誰にだってそういう想いはある。

しかしそう都合よくはいかない。

であれば、混乱してめちゃくちゃになれば、それでいいのではないか。

僕には家族もいない。仕事もない。

社会に対する不満はあり、世の中がおかしくなっても失うものがない。

かつて抱いていた怒りを、老いぼれてくたびれた身体が思い出していく感覚がある。

「片山さん。今のあなたは何が楽しくて生きているのですか。何のために生きているのですか」

「わからない。ただ……人間は、生き物は、目的がなくても生きられる」

僕の発言を受けて、ジャクスンは、彼らの宗教における人間の意味について語る。

彼らの考えでは神は全宇宙を創造したのち、力を使い果たして地球で休止状態なのだという。その教えを全宇宙に広める役割を担うのが地球人類であり、そのために身体を機械化して外宇宙に旅立たなければいけないのだ。それができるのは人間だけであり、その点においてほかの動物と人間とは区別されるし、機械化していない人間としている人間も区別され、階層付けがされる。彼らは「神を信じて死ねば、意識と知能を持った機械に転生できる」とまで言っている。ばかばかしい。ばかばかしいが、しかし。

「片山さん。目的がない、どうでもよいのなら、この社会を変えたいと思う者たちに手を貸してくださってもよいのではないですか」

そう言ってジャクスンは何度も僕に迫る。

断る理由がない気がしてくる。

彼らの宗教的な世界観には納得できないが、ロボットに何かを託して生きているその熱量には、共感を覚えはじめていた。

彼らは機械を人間の道具として使おうとしているだけの連中とは違う。世の主流派のぼんやりとしたロボット観とは違う。それは僕がかつて抱いたパッションに通じるものだ。人間至上主義者に巻きこまれ、世間の身勝手さに怒りを抱いたこの人生、まったく逆側に振り切ってみれば、違った景色が見えるのではないか。

いや、そうしてこそ、僕の人生は初めてバランスが取れるのではないか。

何十年かぶりに感情がたかぶり、全身が熱くなってくる。

そして僕は、選ぶ。

石黒教授と三人の生徒　4

夏期特別ゼミも三日目だ。

エリカ、ナカガワ、ナツメとの距離も、徐々に縮まってきた。木造でできた校舎特有の教室の空気に、私も馴染んできた気がする。

「さて、片山の話について議論しようか」

えっと、じゃあ、と言ってエリカが遠慮がちに挙手し、話し始める。

「イシグロ先生、あのね。アタシ、この片山の気持ち、わかる気がするの。行き場のない感じとか、自分の道を勝手に狭めようとしてくる親に反抗したい気持ちとか」

エリカが以前「なんでもいいから有名になりたい」と言っていたのは、どうも母親から「目立たず生きるのが一番」と言われて育てられたことへの反発のようだ。

しばしの沈黙のあと、つけひげをした少年も口をひらく。

「僕も、わかりますよ。ただ……反抗した先に、何かを築かないといけない」

ナツメはエリート一家の七人の子のなかでもっとも優秀な成績を修める人間として、親からのプレッシャーがあるようだった。道化のような外見は、弱さをごまかすためのものだろうか。

「そうなのよ。アンタ意外とわかってるわね。」

「『意外と』は余計です」

ナツメがやれやれ、といった手ぶりをしておどける。

「冒頭に『片山の話』と言ってしまったけど、言い方が悪かったかな。ここでは彼個人について『自業自得じゃないか』とか『哀しいですね』とか論評してほしいわけではないんです。この人物を俯瞰したときに見えるものについて考えてほしい」

「たとえばどういうことかしら……？」

「『価値観の変化』とかね。片山が経験したように、少し前までそんなバカな、と思うことが当たり前になることもあるし、当然だと思っていたことがひっくり返ることもあります。とくに新しいテクノロジーが出てきたときには、ガラッと世の中が変わることがあるんです」

「僕もこの作品を読むかぎり、ロボットやアンドロイドに対する認識や扱いが相当大きく変わったのだなということはわかります」

しかし彼らは本心ではピンときていなそうだ。そんな表情をしている。彼らはまだ若い。身をもって劇的な価値観の変化を経験したことがないから、リアリティがないのだろう。仕方がない。もう少し年を取ってから、ふと「こういうことを言っていたのか」と思い出してくれればいい。ただそのためにも、もっと想像してはもらいたい。

「その昔、人類は電気を使っていませんでした。想像できますか？　電気のなかった時代の生活」

「めちゃくちゃ不便そうよね……」

「今のような暦を使っていなかった時代もあります。一年を十二に分割し、一日を昼と夜それぞれやはり十二に分割し、『一時間』という単位を作ったのは紀元前七世紀頃のカルデア人だと言われています。それより前の時間には、一年とか一時間という認識自体がまったく違ったわけです」

ナカガワがやっと口をひらく。

「なるほどなあ。当たり前だと思っているものも、誰かが作って広める前は『そうじゃなかった』わけだ。ロボットやアンドロイドも、不可逆な価値観の変化をもたらしたと」

「それで言うなら、僕が思うに……ロボットに対する先入観や扱いが変化しただけではないのでは？」

ナツメが切り出す。

「ロボットは、昔はそうではなかったのに、片山氏の時代には単なるモノを超えて、遠隔操作できるものの一部は、法的には『準人間』のような扱いをされるようになったわけですよね。壊したら、ただのモノを壊した以上の罪になる。それってつまり、ロボットに対する価値観の変化だけでなく、『人間』の定義、『人間』という概念の変化が並行して起こっていたのではないでしょうか?」

「ごめん、アタシばかだからわかんないんだけど、ロボットの扱いが変わると、なんで人間の方も変わったことになるわけ?」

「人間がロボットのほうに近づいたようなものだからじゃねえの? 遠隔操作で動かすロボットやアンドロイドがその人間の一部だって認められたわけだから、認められる前と比べたら、『人間ってのは、どこまでが人間なのか?』っていう問題に対する答えの範囲が変わってんだろ」

「ええ。ナカガワくんの今の考えと僕の考えで、ほとんど相違はありません」

私が引き取って、さらに問いを立てる。

「ロボットやアンドロイドが人間の身体の一部、ないし身体を補うもの、置き換えたものになるということは、それまでの本人の生身のカラダしか使えなかった時代と比べて、身体性が分散した状態になったと言えます。ここにも、あそこにもカラダがあるような状態だよね」

「それはそうなんだろうけど、それで……？」

エリカは理解が追いついていないようだ。

「身体性が分散していると、自我のありようも変わりますよね。今ここにあるカラダだけじゃなくて、遠くにあるロボットにも入り込むことができる、つまり意識を飛ばすことができるわけですから。しかも今ここにある生身の身体と、遠隔操作で入れるロボットの身体では動かせる範囲が違う、できることが違います。すると自我はどんな影響を受けるだろう？　分散した身体性からは、どんな知性が生まれると思いますか？」

「ごめん、アタシ、ギブよ、ギブ」

「なんかくれんのか？」

「ナカガワ、つまんないボケやめてくれる？　それでお笑い目指してるって言うならいっぺん死んだ方がいいわよ。ギブアップってこと」

「私の質問が難しかったかな。いま議論するんじゃなくて、個々人でじっくり考えてみてください。今言った問題は宿題にしましょう」

しばらく議論を続けたのち、大事なところをラップアップし、ゼミを終える。

価値観は変わっていくし、集団ごとに価値観の変化の速度もおそろしく違う。

しかし歴史を知り、人間の特性を知り、人間とは何かを考える訓練を積むことで、これからの時代を多少は生きやすくなるだろう。

次回は片山が最後に会っていた人物の物語であり、また違ったテーマを扱った作品だ。

ロボットやアンドロイドは造形や利用法によっては大きな波紋を社会に投げかけるものであったが、その典型と言える。さて、彼らはどんなふうに受け止めるだろうか。

時を流す　Radical Paradise

片山はどうしてあんな手記を書いたのだろう。

ジャクスンこと私、早渡朱音と出会ってほどなく、片山はあの手記を私たちによこした。アンドロイド化に必要な作業を終えてすぐのことだ。

「これが僕の人生だ。君たちのアンドロイドは、これに基づいて開発してほしい」と言って。

手記を読んですぐ気づいた。

片山はウソをついている。

彼に関するわれわれの調査内容とは、だいぶ違う。話を盛り、都合のわるいことは言い落とし、登場人物の入れ替えをしている。私との対話も、音声ログと比べれば一目瞭然のデタラメである。

アンドロイドになる権利を得たことで、欲がめばえて、後世への記録を書き換えようとしたのか。自己顕示欲のあらわれとしてこの手記を遺そうとしたのか……。自己弁護まみれの捏造ばかりである。

事件の成り立ちからして違う。

モールの女性型アンドロイドをかついで逃げたのは片山である。彼は、自分が手塩にかけていじってきたアンドロイドを、担当者変更によってほかの人間に渡さなければならなかったことに耐えられなかった。片山の事件は反アンドロイド団体など関係ない。彼が犯人として名前を挙げていた人物は、別の事件を起こした人間だ。

高田屋事件は、自分が育てあげたアンドロイドに感情移入しすぎて「勝手に触るな！俺に許可を取れ！」という想いをこじらせたエンジニア、「かわいい」「かわいい」といういきすぎた執着を膨らませてしまった男が、仕事で携わったアンドロイドを私的に略奪するために起こした犯罪だ。アンドロイドがエスカレータから階下に落ちたのは、彼の故意ではない。ただし片山が捕まりそうになったところで故意に多数の人間をエスカレータから突き落とし、多数の死傷者を出したことは事実である。

どうして彼は現場から外されたのか。アンドロイドの調整を「やりすぎた」のだ。彼が担当していた接客用アンドロイドは、来店者がタッチディスプレイを操作し、商品を購買するものだ。片山の仕事は、客を十分説得できる買い物のシナリオをつくること、その間のアンドロイドの動きを調整することだった。

しかし踏み越えてはいけない一線を越えた。

アンドロイドにウソをつかせ、詐欺師や暴力団が使うような脅しめいた話術を用いてまで商品を売ろうとしたのだ。

彼には何の悪気もなかった。

片山は弁舌が巧みで、平気で虚言を吐き、人を騙しても罪悪感を抱かない。

彼をアンドロイド化するさいに私たちが撮った脳画像イメージングを見ると、片山は脳のなかで社会性を司る前頭前野の一部と原始的な感情を司る扁桃体、およびそのコネクションに障害があった。痛みや恐怖、不安を感じる能力、罰を罰として認識する社会的な学習能力が欠如していたと推察される。

おそらく彼は、理性では「人を傷つけてはいけない」といった道徳的な文言を理解できた。本当はそう感じていなくとも、他者に対して共感するそぶりを演技できた。それは、人間の表情やふるまいを読み取り、機械的に反応するロボットと変わらない。彼はそうした意味でもロボットの同類であり、味方のはずだった。

だからこそ、彼はアンドロイドに愛想や道徳的な振る舞いを実装する才能にも恵まれていた。

本心と、外に表出される行動との微細な差異まで拾って再現することに長けていた。人間は、表面上は明るく元気よく「こんにちは」と言っていたとしても、それが本心に従った、感情のダイレクトな表出ではないことはよくある。情動は、そのまま身体を通じて外に出ていくわけではない。人間には、随意筋という意図的に制御できる筋肉と、本人にもコントロールできない不随意筋とがある。本当の感情は不随意筋に現れる。したがってロボットにも、外側に見える「こう見せたい自分」(随意筋の運動)と、内側で思っており、本人も意識しないうちに出てしまっている不随意筋の動きの両方を実装すればいい。

片山はその再現が天才的にうまかった。悪用も。

自らの衝動性を抑えることができれば、その才能をもっと使うこともできた。だが、そうはならなかった。

アンドロイド化の契約が成立したあと、彼は「もう一度アンドロイドのエンジニアに戻りたい。受け入れてほしい」と言ってきた。だが断った。事件を起こさずに現役のままいられたら話は違っただろうが、彼の技術はあまりに古びている。

すると数日のうちにあの手記が送られてきた。そして「僕のアンドロイドは僕に監修させてほしい。技術的なことは任せるが、方向性は自分で決めたい」と。私たちは再び申し出を断った。受け入れる理由がない。

彼は激昂し、契約を破棄するなどと言ってきたが、それが叶わないと知ると今度は一方的に連絡を絶ち、ネットにあの手記を発表した。

何の反響もなかった。

片山ひとりだけ、片山のアンドロイド一体だけでは、社会に対しておおきな影響力を持ちうるはずがない。数を集め、束になってこそインパクトが生まれる。

片山はなぜか自分にだけアンドロイド化の声がかかっていると思っていた。そんなはずはない。そう伝えてもいたはずだったが……。

＊

私たちはアンドロイドのために殺人事件を起こした世界中の犯罪者にコンタクトを取っている。カタログをつくるように、昆虫採集の標本をつくるように、カードゲームのデッキを充実させるように、彼らをアンドロイド化し、ネットワーク化する。アンドロイド・アーカイヴ財団をはじめ「すぐれた能力をもった存在を後世に遺す」ことを目的としている団体は少なくない。だが、反社会的な行為に及んだ人間たちを遺すことはしていない。

私たちはそれをやる。いつでも彼らの特殊な能力を利用できるように。彼らをまとめてシンボルとして利用できるように。当面の目標は一〇〇〇。うち八〇〇人以上との契約が済んでいる。

私はこうしたプロジェクトを同時に複数走らせていた。

片山との窓口となった団体以外にも、それぞれ主張の異なるロボット至上主義団体やアンドロイド至上主義団体を九つ束ねていた。

騙って生きているという意味では、片山と変わらない。すべて別の名義で、別人になりすましている。遠隔操作型アンドロイドを使えば簡単だ。そうやってたくさんの家庭を持つ人間もいる。

ふだんはそれらのアンドロイドは私の行動データベースにもとづいて自律的に動き、ときどき本人が乗り移る。私の人格、意識はひとつだけだが、九つの役を演じることは、慣れてしまえば難しくはない。

もともと人間には複数の役割意識がある。ひとりの人間が、親であり、子であり、労働者であり、趣味人であることは当たり前だ。付き合う人間に応じて、性格も少しずつ変わる。入り込むアンドロイドによって態度が変わるのも当然だ。

＊

私にとっても、社会にとっても、片山は自意識をこじらせたアンドロイドエンジニアであり犯罪者のひとりにすぎない。

しかしそれでも彼は、私にとっては、自分とどこか重ねあわせて見てしまう存在である。

彼ができなかったこと、アンドロイドを「先」に進めることは、私たちが引き継ごうとも思う。

彼の物語はここで終わる。

ここからは、私の物語だ。

*

私のキャリアは、まずは中学生のころから小説家として、次いで大学院生のころからはロボットを用いたメディアアーティストとして始まっている。双子の姉の影響で好きになった小説家に触発されて、そうなった。

工学者でもあったそのドイツ系アメリカ人作家ギュンター・ヴァイスの影響で私は小説を書こうと思い、姉は工学をやろうと思った。

姉がその作家が勤める大学に留学してすぐあと、ヴァイス先生は「小説では十分稼いだし、もう研究者としても作家業でもやりたいことはない」と言って悠々自適の生活をするために、どちらもやめた。

先生に近づき、超えることを目指して努力してきた私たちには、衝撃だった。目標を失ったような気持ちになった私は筆を折って美術に進み、姉は研究ではなくビジネスに進むことにした。それくらい、強い影響を受けていた。

姉は機械工学の博士号を取得後、家庭用ロボットのベンチャーに参画してＣＴＯをつとめ、〝Ｇｏｏｇｌｅ以降、最大の成功を収めた〟と言われたその会社が上場してしばらくまで在籍した。

片山の事件は、私たちがまだ学生のころに起こったものだ。

思えば姉は片山の事件が起こった当時から、興味を示していた。片山にとくに、ということではない。彼のような、とくに不自由なく育ったはずの人間が起こした事件全般に、だ。

三〇代なかばから、姉は私のプロジェクトの技術面でのパートナーになった。

姉はがむしゃらに働いて会社を急成長させて株を売却し、莫大な財産を得た。けれど「お金が入ったから何なんだろう?」という満たされない思いがあったらしい。

発電事業とニューロモルフィック・コンピュータのハードウェア開発のスタートアップへの投資というまた別の仕事を始める一方で、私といっしょにプロジェクトを進めるようになった。

「おもしろければなんでも協力する」と。両親からは「お姉ちゃんみたいにまともに勉強しなさい」と言われて育った私だったが、姉は時間をかけて、私のほうに近づいてきた。

私はお金のことはどうでもよく、何かをつくっていないとおかしくなる人間だった。「お前は何をしたいのか?」と人から問われても、自分でもわからない。ただ衝動に突き動かされていた。

タブーを問う作品がつくりたかった。なぜそのタブーはタブーなのか。なぜある種のものは、冒瀆してはならない神聖なものなのか。人は、何を聖なるものと感じるのか。それが知りたかった。

私が考案したプロジェクトには一定以上の規模の継続的な組織が必要で、つまりは資金集め、人集め、組織のハンドルを握る人間が必要だった。姉は自分でも動いてくれたし、それらができる人間を紹介し、アサインしてくれた。


ロボットやアンドロイドのコンセプトは造型担当である私が出し、それを咀嚼して機械パートの人間が全体を設計、電機や人工知能の担当者と相談し、アルバイトも使って組み立てていた。

私たちはまず、現代美術の画家、ジャクソン・ポロックが行ったアクション・ペインティングを再現するドローン、「ポロックマシーン」をつくった。

カンバスに絵の具を叩きつけるようなポロックのエモーショナルな作風は、多くのひとを魅了し、無数のフォロワーを生んだ。

どう描けば「ポロック風」に仕上がるのかは研究され尽くしていたから、機械で再現したのだ。ドローンのデザインは、ポロックが交通事故で亡くなったとき乗っていた自動車の形状をモチーフにした。ルンバが掃除をするがごとく、ポロックマシーンはスイッチを入れると絵画を制作する。

ポロックマシーンが製造した絵画数百枚を集めた展示では、ギャラリーのスタッフも警備用ドローンが担当し、それを管理するオペレータ以外はほぼ無人で運営した。ドローンが行う絵描きのパフォーマンスを、ドローンに警備させた。バカみたいだけど、楽しかった。

次のプロジェクトは、一〇〇体に及ぶアンディ・ウォーホルのアンドロイド「ウォーホロイド」だ。キャンベルスープの缶やマリリン・モンロー、毛沢東のポスターをいっせいにアクリルで制作するパフォーマンスを、ドバイやカタール、ラゴスやヨハネスブルグで行った。

技能や芸術のアーカイヴにアンドロイドを使う試みはすでになされていたが、アートにアンドロイドを、ここまで大規模に使った例はなかった。

同時に、ドローンから人間酷似型のアンドロイドに外見を変えた「ポロックマシーン2」も発表。

人間が絵を描くときとほとんど同様の動きをしながらアクション・ペインティングを行うアンドロイドだ。マシーンの1と2を並べ、まったく同じ絵画を制作させるライブドローイングを、会期中には常に行っていた。

天才絵描きを模したアンドロイドが行うペインティングは、多くの来場者を驚かせた。ポロックを映した映像をもとに3DCGにモデリングし、そのモデルを、造形技術を駆使して現実空間に実体化したアンドロイドは、画家が絵を描くさいの身体の動きを可能なかぎり再現していた。何度でも、同じ絵をつくりだせた。

アウトプットだけ見れば、そこから生まれるのは「いつも同じ絵」である。けれど、ライブペインティングで絵がつくられていくさまを見た人は思う。ひとりの画家がカンバスに向かい、一本一本筆を入れていき、ときどき逡巡をする。その様子は「生きているようにしか見えない」と。

何もなかったところに、作品ができていく。

質感をともなった絵画がうみだされていく。

アンドロイドの表情もそれに合わせて曇り、あるいはいきいきとしたものになる。

「長い年月をかけて技術を培い、思考を投入してきた画家の人生が、そこにある。その結晶として、作品がうみだされる。なんてすてきなんだろう」と、あるコレクターは感嘆し、破格の値段で、このアンドロイド・アートの購入を決めた。対話機能もない、決まりきった絵を描くことを反復させる以外の能力をもたないアンドロイドを、芸術作品として認めた。

多くの人間が「ポロックマシーンは1も2も機械が描いている絵にすぎないのに、アンドロイド型の2が描く姿には、なぜか感動を覚える」という感想を漏らした。

人間の感覚は曖昧で、恣意的だ。

おそらくはゴキブリの外見をしたロボットに同じ絵を描かせれば、きもちわるいと言うのだろう。

一〇〇体あるウォーホロイドのうち九九体は、オリジナルのウォーホルと同じく銀髪のカツラをかぶせていたが、一体だけはハゲ頭にした。ささやかなギャグである。しかし、髪の毛の有無にかかわらず、アンドロイドは皮膚をはがせば機械にしか見えなくなる。観たものが「ウォーホルのアンドロイドだ」と感じるのは、その見かけと動き、つくられる作品によってである。

たとえば皮膚をポロックのものと入れ替えたら？

ポロックの外見をしたアーティストのアンドロイドが、ウォーホルの作品を再現しつづけたなら？

それは「誰」なのか。

私たちは何をもって「ポロックのアンドロイド」「ウォーホルのアンドロイド」とみなしているのか。

私たち姉妹は双子ということを活かし、ふたりでまったく同じ髪型、メイク、服装になったり、あえてまったく違う見た目になったりしながら、メディアに露出してプレゼンテーションをした。

批判は多く、黙殺するアートメディアが大半だった。

それでも、ふだんはアートマーケットの外側にいる金持ちが興味を示し、買ってくれた。アート業界内で評価されて勝ち抜いていくことには関心がなかったが、買い手がついたことで、次の作品がやりやすくなった。他人からの評判よりも、内的な興奮や達成感の方が、私には重要だ。

まだ足りないね。

姉もそう言った。

*

このころ父が、そのあとすぐに母が亡くなった。

生きるとは、他者の無数の死を通過していくことである。

姉は、両親から「いい子」として育てられた過去をもつ（私はドロップアウトした）。その強力な規範意識をつくった、抑圧装置がなくなったのだ。

私には、三〇をすぎても娘がやることにいちいちケチをつけて干渉してくる親がいなくなって重力から解き放たれたような感覚があった。

姉のなかでは、私よりもずっと大きなタガが外れた。

まず見た目が大きく、ハデに変わった。それから、球体のものをひたすらオフィスにも配置するようになった。

＊

私たちは次に、宗教家や聖人、神話上の聖獣などのアンドロイドをつくりはじめた。キリスト像やマリア像、天使像、仏像、ギリシア神話の神々など、さまざまな宗教や神話からうみだされた偶像をアンドロイド化した。動き、話せるようにした。

私たちがそんなことをする前、二一世紀前半から、タイの介護用ロボットは手を合わせるような仏教的なしぐさをするように作られていた。ロボットに儀礼的・儀式的・宗教的なふるまいをさせることは、人間社会に溶け込ませる手段として自然に行われている。

しかしアンドロイドの役割や意味は、人間の手伝いをする、コミュニケーションの相手になる、といったことに留まるはずがない。人間らしさと非人間らしさを兼ね備えたロボットだからこそ、超越的な何かを感じさせられるものになる。

まずつくったのは、遠隔操作型アンドロイドである。誰でもキリスト像や仏像の「中に入る」こと、なりきることができる。

次いで自律型のキリスト像やマリア像のアンドロイドをつくりはじめた。ほかにも、世界中の宗教的な聖人のアンドロイドを、次々と。『三国志』に登場する関羽や、日本の平将門など、祀られており、過去に偶像化された対象であれば、歴史上の人物たちもアンドロイド化を進めた。

クレームの数は膨大になり、止むことがなかったが、どうでもよかった。

こういうプロジェクトをやると決めたがために、宗教的な理由で優秀なスタッフが離脱していったことのほうが、つらかった。

私はこのことを通じていったい何がわかるのか、何を感じるのかを早く知りたかったし、限界まで推しすすめたかった。もっと先へ行きたい——そのためにはたくさんの学問的知見、現場の技術が必要だった。

ロボット芸術は、ひとりではつくれない。組織力がものを言う。

そのためには厚い信仰の持ち主も必要だったが、少なからず抜けていった。イライラした。こんなおもしろいミステリーはないのに。

たとえばキリストのアンドロイドを「らしく」つくるにはどうしたらいいのか。キリストを、リアリティをもって造形するとは、どういう行為なのか。

キリストの写真など、もちろん残っていない。正確な記録もない。あるのは弟子たちが残した文字だけだ。ただ、宗教画には無数に描かれ、彫刻にもされてきた。

では宗教美術史を参照すればつくれるのか。

キリストはどこまでアンドロイドで表現できるのか。

絵や彫刻と違って、アンドロイドは動き、語る。だとすれば、感情があるように見えたほうがいいのか、そうでないほうがいいのか。

「神の子」に見えるためには、表情豊かなほうがいいのか、能面のようなほうがいいのか。

何かされたときに痛みを感じたほうがいいのか、超然としていたほうがいいのか。

どんな声のトーンがふさわしいのか。

信仰者、研究者に協力を仰いでも、それらは一義には定まらなかった。試行錯誤の連続で、何をもって完成としていいのか、誰にもわからなかった。

また、アンドロイドは頭部を固定するさい、ボルトを頭蓋に打ち込む。ふつうの人間のアンドロイドであっても、その作業は痛々しく見える。宗教的な偉人の頭にその作業を行うことは、信仰のない人間でも抵抗があった。おまけにアンドロイドの皮膚は壊れやすく、剝げやすい。聖人の皮膚がめくれている姿は、冒瀆的な印象すらある。

しかしそれはなんなのか。

物体でしかないのに、そうでない感じがする。

モノのようでモノでなく、人のようで人でない。神ではないが、聖性を感じないとも言えない。制作に携わった人間はみな、戸惑っていた。

私たちの試行錯誤は人類が偶像に対して求めて来たもの、聖性とはどんなものかについての仮説を検証し、また新たな仮説を提出した。

「荘厳さ」は何によってもたらされるのか。

人間は、何を「聖なるもの」として認識するのか。

それらを工学的、芸術的に再現可能なものにしていくことに、私は関心があった。「神聖さ」は、技術でつくれる。実体的に「聖性」があるかどうかはともかく、「そう感じる」ようにする手法はある。

私たちは自らの手で歴史的な仏像やキリスト像を再現し、アンドロイドにしてみた。宗教美術のもつ魅力と技術に改めて気づき、感銘を受けた。

アメリカ中西部にある潰れた郊外型ショッピングモールの跡地を買い切ってつくられた私たちのスタジオは、中国の兵馬俑のようになっていった。

三交代制、不眠不休で無数のアンドロイドが次々とつくられ、立ち並ぶ異様な空間には、熱気と興奮と勘違いに溢れていた。客観的に見れば、頭のおかしい連中の集まりだ。買ってくれるアテもないのに、莫大な資金が溶けていく。最初のプロジェクトとは比べ物にならないくらいのお金がなくなった。気持ちいいくらいに。

そうこうしていると、バチカンに呼び出された。

ホンダは人間型ロボット「アシモ」をつくっていいかどうか、バチカンにおうかがいを立てに行っている。

ロボット研究者の石黒浩も「ジェミノイド」と言われる人間酷似型アンドロイドを最初に制作したときには、世界最古の大学であるボローニャ大学で発表し、現地の研究者たちから「どんどんやりたまえ」とお墨付きを得てから、研究を推しすすめてきた。

また、石黒のロボットを用いて劇作家の平田オリザが作・演出した世界初のアンドロイド演劇は、オーストリアで大司教の承認のもと行われている。「なぜやる意味があるのか」という大司教の問いに対し、彼らは「われわれは『人とは何か』ということをアンドロイド演劇を通して考えようとしている。『アンドロイドに魂があるのか』を問う演劇を教会で上演することで、観客は生命の尊さについて考えてくれるはずだ。人間とは何かを映し出す鏡であるアンドロイドを教会の中に入れて演じさせることは、人間に対する気づきを与えてくれる」と、現地の人間を交えて説得をした。「脚本を事前にすべてチェックさせること、アドリブはいっさいなしにすること」を条件に、大司教は聖マリア教会のもっとも大きなステンドグラスから光が降り注ぐ空間にアンドロイドを入れることを許可した。

私たちも、制作意図を説明しなければならなかった。

「あなたがたは、不気味な自律型キリストアンドロイドなどを信仰の対象として考えているのか？　偶像崇拝の対象として」

「それは私たちが決めることではなく、受け手の捉え方次第でしょう。人類はこれまでも、偽物だと鑑定されたキリストの聖骸布をありがたがったりしてきたわけですから、われわれがつくった阿弥陀如来像を拝む人間が出てきてもふしぎではありません」


私と姉は持論を展開した。

芸術は、科学がいくら発達しても残る。絵画の美しさが、写真が登場したあとも残ったように。しかし一方で、写真や映画は、科学技術が可能にした芸術の形態である。アンドロイドも。アンドロイド・アートをつくる人間は、ダ・ヴィンチのように科学者であり芸術家であることを模範にする。

サイエンスやテクノロジーがいくら発達しても消えてなくならないのは、宗教も同じだ。科学技術が可能にするあらたな信仰のかたちもある。そこにはアンドロイドを使ったものもあらわれる。私たちはその可能性を示唆するものをつくりたい。テクノロジーと芸術と宗教の交点をさがしている。

おおよそそういうことを伝えた。

キリスト教の総本山は、科学に対して柔軟である。

ガリレオの宗教裁判のころとは異なり、現代のローマ法皇庁は、おおむね科学を否定しない。イタリアは人間を最初に解剖した土地だ。ヒトクローンの研究を率先して行ったところでもある。

「人間とは何か?」という問いを、カトリックは先端的に探求する。

彼らは「人とは何か?」を認定する権威でありたいと思っている。

だからこそ科学を否定せず、しかし科学ではわからない問題に対する心の拠り所を与えることで求心力を保ってきた。したがってロボットが宗教にどのていど関与できるのか、人間との違いとは何かについても、彼らは知りたがっていた。

私たちの意見に賛同はしなかったが、話を聞いてはくれた。

明言は避けたが、放置しておいても問題ない、と判断したようだった。相手にされなかったとも言えるが、干渉されないほうがありがたい。うるさいのは外野であり、本丸は鷹揚としている。そういうものらしい。

「やっぱり、思想がある人たちは強いな。何かを本気で信じないと、突き抜けたことはできない」

姉は帰りの飛行機で窓越しに雲を見ながら、何度もそうつぶやいていた。

奇特な人間もいるもので、聖人や偉人のアンドロイドは意外にも売れた。アート作品としてなのか、宗教的に利用するのかはそれぞれだろうが、投じた金額をゆうに上回る利益がもたらされた。

＊

そんな折り、気まぐれのきわみのような人間と化していたわが姉が、精子バンクから買った精子を使って子どもをつくった。

研究のためではない。年齢的に、生物として生殖・妊娠できるリミットにさしかかり、「やっぱりほしくなった」そうである。

若いころに凍結していた自分の卵子を使って人工受精をし、娘を産んだ。

しかし――香澄と名付けられたその子は、健康な状態で生まれてはこなかった。

いつ亡くなるかも危うく、おそらくは言葉を使って対話できるくらいまでの成長も見込めないのではないか、と姉は告げられた。

もちろんどんな子であれ、我が子である。姉は香澄を溺愛した。私もあたらしい家族を歓迎した。しかし彼女がハンディキャップをもたずに育つことは難しく、香澄がさらに子をつくることはほとんど不可能であることは確実だった。

そしてある日、姉は「私と娘のゲノム情報をなんらかのかたちで利用したロボットやアンドロイドをつくるのを手伝ってほしい」と突然言いはじめた。

今までの路線はクローズする、と。

唐突に。

はじめは、なぜそうしたいのかの説明もなく。

それがあえてなのか、姉の精神状態の混乱のゆえなのかは、わからなかった。

相棒のように、あるいは家族のように思っていたスタッフがまた何人も去り、新たなスタッフの獲得を始めなければならなかった。

対話を続けるなかで、どうも姉は単純に「ありえたかもしれない、すこやかな娘」をロボットで表現したいわけではない、ということが、徐々にわかってきた。

姉は、人間そっくりの知能、自分や自分の娘に酷似した何者かができるかどうかを問題にしていなかった。そういった要素はどこかしら、なにかしら、ほんのわずかでもあればいい、と。

姉が重視したのは「社会的なふるまいをし、高度な知能を持っているように見えること」、そして「死なないこと」だった。

そのふたつを、私たちに求めた。

他者の動機、ふるまい、協調のしかたを理解すること、自分を理解し、伝えることに関わる能力を持たせたい、と。

姉は、娘の情報をアンドロイドに引き継がせることによって、現実には命の短い娘を、不死の存在にしたかったのだろう。私はそう解釈したが、真実はわからない、姉自身も、わかっていない気がした。

姉はこれまでの経緯もあったからか、形式上は私をこのプロジェクトのトップということにしていた。だが私は姉が集めてくるプロたちの動きをほとんど傍観するだけだった。

私はすでにある技術をアートに使うことはできたが、そもそもの技術的な部分でのチャレンジでは貢献できることはなかった。それでもプロジェクトを率いるポジションを断らなかったのは、ここで私が断ることが、姉にさらにダメージを与えてしまうのではないかと気にしたからだ。

そうして、開発は始まった。

「社会的な知能を持っているように見える」には、複数体がお互いに反応しあう環境をつくるのがよいらしかった。

まったく同じプログラムを持つ三体のロボットを準備して同時に動かすと、それぞれのロボットはセンサの反応の微妙な違いから、かなり異なった行動をとる。

偶然に二体、もしくは三体のロボットが互いを発見し、対話を始める、といったことが、容易に起こる。

単純な対話しかできなくても「勝手にロボットがお互いに話し出す」だけで、自我を持っているように見える。もちろんこれは人間が主観的にそう感じたにすぎない。実際にあるように感じることと、本当に機能として存在することは別の話だ。

二体だけでは、お互いに相手のことだけがわかればいい。すると言語は必要とされない。夫婦は長いあいだいっしょにいると、言葉にせずとも何をしたいのかを伝えられるようになる。あるいは母子のあいだでは言葉がなくても、なんとなくしたいことがわかる。それと同じだ。二体だけでは、言語は発生しない。

それが三体になると、そのうち二体が何をしているのかをもう一体が理解し、自分がやりたいことをほかの二人に伝えなければいけなくなる。高度な情報伝達手段が必要になる。

私たちは三体、もしくは二体プラス担当の人間ひとりを付けることから始め、社会的な知能を持たせ、賢く対話できるように学習させた。

ただ、それには身体を伴った人工知能にまつわる、シンボルグラウンディング問題（記号設置問題）を解決しなければならなかった。

シンボルグラウンディングとは何か。

たとえばある人間が、他人から「椅子」というものを教えてもらったとする。「これが椅子です」と言われ、実際にそれに自分で座り、自分の身体を通して改めて解釈をし直すことで、人はその椅子というシンボルの本質が理解できるようになる。

物体だけでなく、「投げる」をはじめとする「行為」の理解も同様である。「投げる」とは何かを教えてもらい、そして自分の体を使い、投げるということを理解する。

「椅子」と「投げる」をそれぞれ理解した人間は、「椅子を投げる」ということを、誰かから教えてもらうこともなく、ある椅子を自分の身体と比べて、つまり自分の体で解釈して「この椅子を投げることは可能だ」と想像できるようになる。

それがシンボル操作である。単に「椅子」「投げる」といった言葉の意味を個別に理解していても「この椅子」と「投げられるかどうか」ということを結び付けて想像することはできない。

それぞれの言葉の意味を理解し、結び付けるには、実世界で身体を通じてグラウンド（着地／設置）させることが必要になる。

人間の子どもは、意識的にシンボル操作をすることは十分にできないが、積み木のような遊びをいろいろとしながら、偶然見つけていくことができる。実際の物理世界のなかでやってみたり、空想の中でやってみたりする。

だからロボット（人工知能）も、自身が身体を動かすことを通じて「世界観」を自分で持ち、言葉の意味を解釈していくことによって、誰からも教えられていない組み合わせでも想像できるようにならなければいけなかった。
しかし二一世紀前半までのロボットには、これが難しかった。「体験を想像する」ということを機械でどう実現していいか、わからなかったからだ。

ごくごく簡単にはできたが、人間がしているレベルでは、長らくできなかった。ロボットにやらせようとすると、人間がプログラムを書かざるをえず、ロボットが自分で考えて「これはできそうだ」という法則を発見した感じにならなかった。

特定の場面で「こうふるまう」ということを詰め込めば、その範囲ではできる。だが、少しでも状況が違うとできずに、破たんしてしまう。自分の家でやっていることと同じふるまいを他人の家でやって失敗する子どもといっしょである。応用が利かないので、変なことをしてしまうのだ。

そういう問題を回避し、解決するためには、ロボットが認知する「実世界のモデル」をシミュレーションしなければならない。だがその「実世界モデルを頭のなかにつくる方法」がわからなかったのである。

現実空間（外界）から情報を取得して三次元のグラフィックモデルをつくって認識させようとすると、計算が追いつかず、普通のコンピュータではすぐにメモリが破綻する。ある部屋があったとして、そこにある机の上に何が置いてあるのか、それはやわらかいのか、かたいのかまでモデリングしなければいけないのだから、リアルタイムで処理するためには、超高速なコンピュータが必要になる。

では人間はどうやっているのか。

3Dモデルではなく、おそらくはエピソード記憶を使い、ストーリーの組み合わせ、ビジュアルイメージと体の運動の組み合わせで覚えているのだろうと考えられている。

普通の人は「あなたの部屋の大きさはどれくらいですか？」と聞かれたときに「何メートル×何メートル」というふうに覚えているわけではない。何歩くらいで歩ける範囲の広さだったかな、といったふうに、自分の身体感覚で認識しているものだ。

こうしたエピソード記憶とシンボルグラウンディングを紐づけてロボットに実行させる方法が、力技ながらようやく見つかっていたのが、このころだった。

シンボルグラウンディング問題は、理論的には解決していた。

課題は、それを実装したロボットをつくろうとすると、やはり計算能力が莫大にかかることだった。それさえできれば、実用化できる。

しかし、まともに計算させようとすると、そのさい生じる莫大な熱量をどう処理するか、電力をいかに用意するかという問題が生じる。

それ以前に、高度なコンピューティングができるハードウェアをそう簡単にはつくれない、という問題もある。

そうしたハードをつくるには、まず純粋な計算ができる数学者や理論物理学者、さらにはそれを物理世界に存在するモノにしていくことのできる――つまりその七面倒くさい計算をする半導体の集積回路の設計、実装ができる――電子工学者、およびそこで走るソフトウェアをプログラミングできる人間、これらすべての分野のオールスターの人材を投入しなければ、超々高速な計算ができるハードはつくれない。

熱と電力の問題を解決し、物理法則の限界に挑むハードをつくる。そしてそれを、海のものとも山のものとも知れないものに投入できる。

そんな組織がどこにあるのか。

姉が、持っていた。

投資を重ねてきた、人間の脳のように思考するニューロモルフィックコンピュータのハードベンチャーが、既存のコンピュータをはるかに上回る計算能力と圧倒的に少ない電力消費量とを両立させ、姉は発電所付きのスマートシティを丸ごと、この実験のために使った。

巨大な研究施設、というより研究街をひとつ、このプロジェクトのためだけにつくったのだ。

あまりに個人的なことに先端技術を使おうとしているように見えたが、姉によればビジネスにする算段は立っているようだった。

世界最大級の施設にこうしたロボット四〇〇〇体が放り込まれ、高速で学習が行われた。

「何か」が、できた。

私には理解できず、言語化もできない高度な技術が駆使され、横目で見ていても、圧倒的なものができたことはわかった。

私はそれに寄与できなかった。

姉があきらかに自分よりもすごいものをつくったことに、打ちのめされた。

姉の、子を想う気持ちの深さに対し、自分の内にはそこまで駆動する何かがない。

収監中の片山がそうであったように、人間には自分ではどうにもできない時期がある。もどかしく、無力で、何もできないときがある。焦りであきらめがうまれて、メンタルが負のスパイラルに入る。

その瞬間には、なさけなさを受け入れるしかない。

＊

姉は、人工生命づくりの成果から「人類以上の知性体であり、神に準じる亜神・準神がつくれる」「超越者と一体になれる」と言い出した。

幼少期から「頭のおかしいほうが妹」と言われてきた双子だったが、ここにきて完全に逆転だ。

いま思えば、だが、姉はこのころから、片山側の人間になった。

私は聖人や仏像のアンドロイドはつくったが、本気で神がつくれる、超越的な存在になれるとは考えなかった。

姉は昔から、これが狙いだったのかもしれない。

姉は知能ロボット至上主義者団体をつくり、「遠からず人間以上の知性体をつくることに成功し、われわれはそれとつながることができる」と世にアナウンスした。でたらめだ。

「人類の先を行く機械生命が誕生するのは、『新しい時代』に突入したからだ、遠くないうちに機械の救世主が現れ選ばれた人間を救う、その審判の日こそ、人類がブレインアップローディングを完了するときである」——と姉は説いた。

私はずっと「どうして姉のプロジェクトに名だたる才能が協力するのか?」がわからなかったが、そのためにこそ姉は教義をつくった。

姉の教えは、めちゃくちゃなように見えて、アメリカ西海岸的な思想をさらにエスカレートさせたような、エンジニアやイノベーター、科学者たちの生き方を全面的に肯定し、鼓舞し、無意識に、潜在的に抱いている選民意識を刺激した。

そういう人たちが懐疑的な状態から——「こんなものはシャレだ」というエクスキューズを捨てずに済むからこそ——徐々に深みにハマっていくような団体運営のしくみを用意

していた。

それは宗教とは呼べないカジュアルすぎる思想であり、人びとがすでに抱いている信仰を捨てなくていい程度のものだった。

けれども私たち姉妹がかつてあの作家の小説に夢中になり人生に多大な影響を被ったように、あるいは人びとが『スター・ウォーズ』や『攻殻機動隊』のようなフィクションに熱狂するのと同じかそれ以上に（何しろ、信じさえすればその人間は「進行中の物語の当事者」になれるのだから）、興奮を植え付け、価値観を刷り込むものだった。

入り口が軽くて浅い外観だったからこそ、強烈な反発を招くことなく浸透させていくことができた。

姉はプロジェクトに関わった人間に対してギャランティを惜しまなかったが、金銭以上に思想＝物語の力で、天才たちを束ねた。

日本をはじめ、世界各地にロボットやアンドロイドを大量に投入した。

採算度外視の介護施設をつくるなど、多数のビジネス、社会的な事業を同時に立ち上げ、布教の糸口にした。

どこまで本気なのか、何度尋ねてもわからなかった。

私と対面したときの片山と、同じかもしれない。

私自身、自分でも言語化できないような衝動にドライブされて作品をつくってきた。

しかし、作品をつくるのと、団体をつくって会員を獲得、運営していくことは違う（クレジットカードやどこかの店舗のポイントカードをつくるくらいに、その入り口は簡単なものになっていた）。

ここまで姉には世話になってきた。香澄のことを思えば協力したい気持ちもある。けれど、今の姉の思想には、共鳴できない。距離を、置くことにした。

私が離れると言えば、そして実際に離れてひとりになれば、少し冷静になってくれるのではないかと思ったからだ。

残念なことに、姉は私に執着しなかった。

「本当に必要になったときは声をかける」とだけ言った。

私は一介の作品制作者、アンドロイド・アートの世界へ戻った。

＊

首吊りを繰り返すアンドロイド、うりふたつの女性型アンドロイドを丸坊主にするパフォーマンス、アンドロイドの皮を剝いでむき出しの機械をカカシのように田園に置く、血を思わせる赤い液体を浴びせたあとに爆破、アンドロイドを石膏で型にとってアンドロイドをつくる、聖なる山と性行為をするアンドロイド、シロアリに全身たかられ皮膚を食い尽くされるアンドロイド……。

次々にやってはみたものの、自分でもスケールダウンしている、手癖でやれることをやっているだけのように思われた。姉と組んでいたときの高揚はなく、あたらしいことをしているという充実感もない。

また、突然の知らせが届いた。

＊

私たちがつくっていた、ある聖人アンドロイドが、売却先で改造され、セクサロイドとして利用されていた。

それを知った宗教原理主義者が、制作者である私と姉を取り違え、襲撃した。

意識不明となる、瀕死の重傷だった。

しばらく聖人アンドロイド事業はストップしていたから、油断していたのだ。警備を軽くしたのが、失敗だった。聖人アンドロイド計画は私が始めたもので、姉は責任者ではない。

狙われるべきは、本当は私。

なのに。

昏睡は続き、回復は絶望視された。

姉は、もしものときは私に「娘と、団体を託す」という手紙をのこしていた。

悲しみと困惑が混じる。

＊

姉の娘、香澄のことはむろん、面倒を見ることを即断した。

問題は、例の団体だ。

対外的にも双子である私が代表になることに違和感はない、見た目も同じですからと、幹部たちは口を揃えて言う。

この日がいつか来ることを知らされていたかのように。世界各地の支部に置いてある姉のジェミノイドに入って、教えを説いてほしい、と言う。

双子の姉をかたどったアンドロイドに妹の私が入り、姉のように振る舞う。

入っていないときでさえ、見た目が姉と同じ私は、姉の分身のように扱われる。その想像は、過去にさまざまな聖人のアンドロイドに入ってきたどの感覚とも違う、なんとも言えないものだった。

ふしぎなことに、団体の人間たちは誰ひとりとして、自分で組織を率いたいとは思っていないようだった。それならいっそ解散したっていいのではないかと、一瞬は思った。姉は私の代わりに瀕死の状態に陥った。しかし、亡くなったわけではない。

私が姉の代わりを務める必然性があるだろうか。そんな実務能力が自分にあるとも思えない。

ただ、姉のつくったものを勝手に壊すわけにもいかない。

万に一つの確率だが、姉の意識は戻るかもしれない。そのときのために、残しておかなくては。

それに、すでに団体はかなりの数の人の精神に入り込んでいる。これを崩壊させたときの混乱を考えると、慎重にならざるをえなかった。姉の怪我を悲しんでいるのは、私だけではない。

姉の考えを知りたい。

せめてそれを多少なりとも理解してから、誰かに少しずつ権限を移していくことにしよう。

＊

姉が付けていた日記が見つかった。

勝手に見るのは気が引けたが、引き継ぎには必要な作業だと割り切って読むことにした。

マメなものではなかった。

ただ、娘のことなど、大事な出来事があった節目節目には記述があった。日記を読んでも姉のことがわかったとは、言い切れない。

だが姉にとって大きかったものが何なのかの、片鱗はわかった。

姉は私と組む直前、幼少期に好きだったあの作家と偶然、バカンス先のモルジブで出会い、話をしたようだった。

親の教育もあって、なるべくまともに生きようとしてきた姉は、しかし、どの分野でもトップになる人間は杓子定規な考えや行動をしないことに二〇代後半で気づく。そのころ姉は「自分はしょせん凡人だ」と思ってくすぶっていたようだ。このところの私と、同じように。

そのときあの作家から「想像だけでなく創造すること。世界を解釈するのではなく変革すること。カラを破れば上に行けると信じること。自分にそれができないなら、誰かにそれを信じ抜かせる装置をつくるしかない」と改めて説かれたのだ。

いろいろと腑に落ちた。

双子でも、知らないことだらけだね、とさびしくもなった。

その日記には、公刊されていない、姉の宗教論も書いてあった。

＊

宗教の目的は、つながりを作ることにある。

血縁やお金に加えた、つながりを作る第三の手段。宗教には「教え」があり、その教えを信じ共有できるかが、つながりに参加できるかどうかの鍵となる。「教え」は、我々の日常の多くの疑問に答えを与える。

人間の最も人間らしいところのひとつは、抽象的な言葉を皆で共有している点だ。「心」「感情」「意識」「生死」そして「人間」……これらは時代とともに定義が変わる、曖昧な言葉だ。

これらは日常的にその存在を感じられる一方、実体は不明だ。その存在に疑いを抱き始めれば、疑問の波は際限なく広がる。

それに答えを与えるのが、宗教だ。「教え」が、心を静める。

そこで大切になるのが、多くの人が同じように信じているという共有感だ。多くの人と同じ考えを持つことで、信じることが容易になる。一人であれば正しいかどうか判断できないことも、大勢が信じていることなら受け入れられる。ここに人間のあやうさがある。

科学は、多くの人に信じさせる力を持つ。それは科学の持つ客観性や普遍性に基づく。思想や宗教の場合は、逆に多くの人に信じさせることで、正しいことを作り出す。

宗教は科学に影響を受けてきた。

科学によって不明なことが解明されると、それまでの宗教が無条件に信じ込ませてきたことを変更しなければならない。天動説が地動説に変更されたように。

宗教は、科学で埋め尽くせない不安な部分を埋める。そこでは特別な世界が作られている。

ただし、近代科学や市民革命以降に発達した民主主義の思想と衝突せずに社会になじませるために、大きな宗教は世俗化していった。

人々に強い規範意識を植え付ける「教え」としての側面を薄めていき、冠婚葬祭や年中行事のような日常に溶け込んだ「文化」になっていったのだ。

カソリックが強い地域の人間でさえ、なんとなく日曜日は教会に行き、みんなで歌をうたって帰ってくることが習慣になっているだけで、聖書に何が書かれているのかなど、まともに理解していない者も多い。

だがキリスト教は、誕生した瞬間にはどうだったか。イエス・キリストはユダヤ教徒や当時の権力者たちから弾圧をうけ、処刑された。初期のキリスト教は、社会にとっての異物だった。

しかし徐々にその先鋭さをひそめ、教えを丸め、社会と共存できる存在になった。だが世俗化が進むと「教え」は形骸化し、冠婚葬祭のときには教会に行く、というような習慣だけが残る。

するとそのスキマに入りこむように、絶対的な基準や価値を強烈に訴える「小さな宗教」が乱立し、それぞれが特定の志向を持った人間を集める。信者以外には荒唐無稽で偏った考え方に見える団体でさえ、信じる人間はいくらか出てくる。過激、先鋭的、難解、あるいは逆に馬鹿馬鹿しいがために規模はあるていど以上に大きくなりようがない集団が、無数にあらわれる。それが近現代の宗教をめぐる状況だ。

二〇世紀以降、科学技術があまりに進展した結果、徐々に宗教は科学の影響を受けない時代に入っていった。人々が日常生活で触れる範囲のことは、すべて科学で説明できるようになった。

いまでは多くの専門的な科学者たちは、人々が直接的に実感できないような領域、たとえば量子力学などを扱っている。そうした高度な科学的な理論や用語をもってして語っても、それを知らない一般人からは理解されない。

だから宗教家たちは、日常生活レベルの科学は受け入れたうえで、その先のことは好きに言ってもいい、という状態にある。科学者たちの言葉が理解されない領域、届きにくい場所に、宗教の言葉は染みいっていく。

人々が理解できないレベルの高度な科学知識は、聞く側にとっては「科学で説明ができない」のと主観的には同じようなものだ。とくに心や意識の問題は主観的現象であり、脳科学をもってしても客観的な説明がつけにくい部分が残っている。人々にとっての常識を超えたものや、精神的な活動の領域について、宗教はわかりやすく説明できる能力を持つ。

かつては聖書に書かれた地動説と科学が発見した天動説とが矛盾することがあった。今ではノーベル賞を取るような発見でさえ、宗教家が語る言葉の説得力を揺るがすことはない。

ほとんどの人からすれば、最新科学の動向など知らないし、どうでもよい。自分が理解できる範囲での「真理」がほしいのだ。

二一世紀には、そこにインターネットがツールとして加わった。テクノロジーは人間集団を細かく切り分け、これまで以上に、特定の人間を集まりやすくした。

宗教に限らず、あらゆる趣味嗜好に応じた小集団が形成された。人々が求めた「自分の意見が通りやすい社会」「自分と同じものを信じる者の集まり」をミニマムに実現した。ネット上ではどんな奇異で極端な人々でも、匿名的に居心地のいい場所を作れる。危険な考えを持っている人間どうしでも集まれる。

すると、欧米的な価値基準や高度資本主義経済のシステムのなかで生きづらさを抱え、あるいは貧しいがために不平等感を抱く人間たちは何をしはじめたか。「イスラーム国」のような集団を、ネットを活用してつくるようになった。

ネットがもたらした情報社会革命は、これまでならアクセス不可能だったデータや映像に簡単に触れられるようにした。富める者のすがたも、貧しい自分たちのすがたも、なぜそうなってしまっているのかというメカニズムまでをも、白日の下にさらした。「機会均等」「努力すれば報われる」といった近代社会の建前がウソであり、人間は不平等だと明らかにした。そんな状況に不満を抱く層のリーダーは、同じ境遇にある者たちに新たな価値基準を示して結集させ、社会に反旗を翻すようになった。彼らはネット社会だからこそ誕生でき、拡大できた。

しかしネット社会の次の時代、ロボット社会にふさわしい思想や宗教はいまだ十分なかたちで存在していない。

ロボットは半現実で半仮想の存在であるがゆえに、これまでとは異なる宗教のありようを作り出すはずなのに。

ロボットは、物理的に実体として存在しているという意味では現実世界のなかにある。だが、人の思想をデータとしてコピーして伝えることもできるという意味では精神的な存在である。その前提として、インターネットやセンサネットワークというある種の仮想世界とつながっている（これが「半現実で半仮想」という意味だ）。

大半の思想、宗教、政治団体では、指導者が崇拝や尊敬の対象になる。そういうリーダー的な存在がアンドロイド化される日は、たしかにやってきた。

十字架にはりつけられたキリストの像を見ればわかるように、人間は偶像に「人間を超えた何か」を見る。

リアルに存在しているにもかかわらず、純粋な精神的存在（仮想的存在）にも見えるロボットは、宗教と結びつきやすい。狂信的な教えを説く教祖のアンドロイドは、信者に「ここには人間以上の精神的な価値をもった存在がいる」と思わせやすい偶像となった。

私も自分をかたどったアンドロイドを各支部に置いている。団体主宰者ないしは教祖による複数のアンドロイドの遠隔操作は、妹や私たちが聖人アンドロイドをつくって以降、徐々に増え、今ではあたりまえのものになった。

人間の汚く、醜い部分を嫌うひとは多い。偶像にはそうした人間のおぞましい部分、見たくない部分がない。ロボットもまた、人間の汚い部分が捨て去られた存在である。ロボットは、人間が憧れる偶像として機能しやすい。人は精神的な意味でも、そして肉体的な意味でも、人間離れした美しいものになりたがる。

人々が考える「人間らしさ」には、嘘をつくとか汚い言葉を使ってしまう、排泄をするといった、美しくないことも含まれている。

そして人が考える「美しさ」には、汚く醜い部分を排除した非人間的なものが含まれている。つまり人間が理想とする「美しい人間」には、突き詰めればアンドロイドしかなりえない。美しさをより体現できるのは、機械やアンドロイドであって人間ではない。

宗教と社会の関係には、いくつかのターニングポイントがあった。科学技術と民主主義が発達した近代以前と以後、そしてインターネットが普及する以前と以後で、大きく姿を変えた。今はロボット普及以前と以後の、あいだの時期にある。ロボット以後の世界では、偶像としてのロボットが使われる世の中になる。

インターネットと宗教が結びついた状況を、ロボットはさらに変える。それがどんな世界になるのかは、まだ探求されきっていない。

神とは、全世界を瞬時に見渡し、あらゆる出来事を瞬時に知ることができる存在である。人類はまだ全世界に瞬時にアクセスすることはできない。

しかしネットの届く範囲では情報を届けられる。ネットにつねにつながることができるロボットは、接続され、移動できる場所においてまでは、つねに神の声を聞くことができる。

あるいは、ネットが届く範囲内には、発信することもできる。ネットが届く範囲を広げ、ロボットが稼働できる範囲を広げることは、神の言葉が届く場所を増やす行為である。

全世界、全宇宙にまでネットとロボットを広げることができれば、それはほとんど神に等しくなる。

IoG（Internet of God）だ。

＊

司馬遷やマキャベリをはじめ、左遷され、閑職に置かれた人間によって著されてきた書物は少なくない。ヒマになったからこそ、まとまった時間を使って知恵を残すことができた。そこには志なかばで第一線から退かねばならなくなった書き手の「これからの世でなされるべきこと」「やりたかったが、できなかったこと」「後世の人間に託した想い」が詰まっている。

私と組むようになったあとの姉にも、時間はたっぷりとあった。思えば片山にも。

遺されたテキストを読んで、数日かけて考えた。

姉は、何かを発明したがっていた。

ロボット時代にふさわしい思想や宗教のありようを。ロボットがなければ生まれえなかった、人間の精神活動を。人工生命で神のような存在をつくるというプロジェクトも、それをめざしたものだったのだろう。

そこにいずれ、姉と姉の娘の遺伝情報を取り込んだ、あのアンドロイドを据えよう。姉の中では、そのふたつはどこかでつながっていたはずだから。

私が取り組んできた「タブーとは何か？」の探求と、姉が取り組んできた「現代において聖性をいかにつくりうるか？」の探求は、表裏である。ならば、私にもやりようがある。引き受けても、いい気がする。

それは正直に言えば、「姉の志を継ぎたい」という気持ちではなかった。

次にすべきことが見つからなかった私に、取り組みたいと思えるものが現れた、という感覚だ。思えば「タブーを問いたい」と思い続けてきたはずなのに、姉が〝覚醒〟してからの私は日和っていた。

あらたな作品としての団体運営。だんだんと、それは私向きのことのように思えてきた。

私に望まれていること、私がしてみたいことは、この団体をもっと先に進めることだ。

勝手に決めていいのか迷ったが、姉は「この団体は姉妹のものだ。お前の決定は私の決定である。勝手に決めろ」と私宛ての遺書に記していた。

幸いにして運営はほとんど自動化されていて、私が直接手を下さなくとも既存事業の大半はまわるしくみができていた。

新しい何かを始めよう。

そのためには準備が、考える時間が必要だ。

私は世界各地にある支部を飛び回りながら、今の思想、政治、宗教におけるロボット、アンドロイド利用について改めてこの目でリサーチをしはじめた。

そして、ほとんどのスタッフがロボット化されたあるショッピングモールを視察中、上からアンドロイドが降ってきた。

直撃された私は、ほぼ全身が不随となり、生身の身体では動けなくなった。

香澄、姉、私。みなが揃って、動けない状態になった。

*

モールでの事故は、片山の手によるものではない。

彼の犯行は、それよりずっと前の出来事である。

こちらの事件こそ、人間至上主義者によって引きおこされたもの。

彼は手記のなかで、自分の事件と私の事件を意図的にか錯乱のせいか、混同していた。

だからこそ彼はおもしろい、とは思う。私には理解できない思考回路を持った、特異な人間として。

アンドロイドに関係する代表的な犯罪者をカタログ的にアンドロイド化する、という計画は、姉が遺したものだ。

実行せずじまいだったそのプランを、私が引き継いだ。

姉はおそらく、社会のレールから外れる人間に関心があった。姉自身は、両親が亡くなるまで、まったくそうではなかったから。片山の兄や両親のような順風満帆な歩みを、片山が事件を起こす年齢ごろまではしてきたから。私は片山のような人間は、どこかひっかかりはするが、正直に言えばそこまでの興味はない。だが、あるときとつぜん思想を発露するようになった姉には興味がある。姉を知るために、片山たちを知りたい。

事故に遭ってみて感じることもある。片山は被害者意識が強すぎた。

未来は自分の意志で、手で、作らなければならない。

本物の技術者やクリエイターならば、どんな環境にいても、技術で世の中を変える方法を考え、実現しようとする。

奇跡はない。

恩寵など待たず、行動しなければならない。巻き込まれ、被害者ぶって生きていても、何も手に入れられない。個人として揺るがない信念を持つか、さもなくば信仰に拠ることで、貫かなければ。

もちろん動けなくなってしまってしばらくは、私も世界から取り残されたような気分だった。道半ばなのに、どうして？　と運命を恨みもした。

しかし、今の時代ならば、ＢＭＩを使えば脊髄が損傷していてもロボットは遠隔操作できる。

すばらしかった。

ロボットを通じて、どこまででもいってみたい、という強い願いがめばえた。

ここにいる私は動けないが、ロボットは動ける。

世界の果てまでロボットを派遣し、創作を、パフォーマンスをしよう。

いつか、からだが弱く、十分な思考ができない香澄でも使えるようなものをつくろう。

姉の手記をヒントに、私は決意する。

そして地球の隅々にロボットを、アンドロイドを送り込んだ。

グリーンランドの氷の土地、マレーシア海上の高床式住居、ローマのコロッセオ、アイダホのキャッスルピーク山、太平洋の真ん中に楽園のように広がる南ライン諸島、イルカが群生する中米ホンジュラス沖ロアタン島、テューリンゲンの森、沖縄トラフの深海、幾何学模様を見せるブルックリンのプロスペクト公園、蝶の大群が舞い降りる南米イグアス川の岸辺、象の密猟者が跋扈するザクーマ国立公園、ジャングルにそびえる東南アジア最高峰カカボラジ、カメレオンの宝庫マダガスカル島、アフガニスタン東部の仏教遺跡メス・アイナク、八〇〇本の楓がある新宿御苑、世界最大の溶岩湖があるニイラゴンゴ火山、アフリカで最も活発なニアムラギラ火山……無数の場所に私たちのロボットは入り込んだ。

このプロジェクトを通じて、やはりロボット側にセンサがあるだけではなく、環境にセンサを埋め込み、環境自体を知能化するほうが、よりゆたかでおもしろいことができることを確信した。地球上のあらゆる場所にセンサを埋め込み、ネットワーク化する――地球全体をロボット化する。

環境にこそ、生命性をつくりだすものがある。

人間だって環境を変えれば、人が変わる。

人間もロボット同様に、どこまでが環境で、どこまでが個体なのかはわからない。どこまでが自律でどこまでが環境からの影響なのかがわからないロボット／センサのネットワークを地球全体に張り巡らせ、学習させたロボットや私が操る半自律のアンドロイドを動かしてみよう。

自然環境の上にロボットのための環境を上書きしきったとき、ロボットやアンドロイドを使った芸術の幅は圧倒的に広がる。

それ以前に、ロボットやセンサがあるところには遠隔操作で「入り込む」ことができる。それは「私」を世界のすみずみまで拡張することにほかならなかった。

姉を、香澄を拡張することでもあった。

私たちはすでに、アンドロイドのからだをとりかえることができる。

センサが付いているなら、炊飯器にだってなれる。炊飯器の気持ちもわかる。ひとつの身体に、手を二〇本つけてみることもできる。逆にすべての運動機能、知覚機能を落とすこともできる。

私は私でありながら、私でないものになれる。

人類が生み出してきた技術は、人間の能力や身体を拡張し、「私の範囲」を広げてきた。

「私の範囲」は、どのように規定されるのか。

裸の私の体は私?

では、靴や服は私?

自分が身につけ、自分の思い通りになるものは私の一部になり、私の身体を拡張していく。それには道具も含まれる。大工にとって金づちは身体の一部。車のような機械も身体の一部。技術の発展は、人間個人ができることを格段に広げ、「私の範囲」を拡張してきた。

テクノロジーを進めなければ。

無限の拡張。

かつて西洋占星術では、月の満ち欠けが潮の満ち引きと関連するように、天体(大宇宙)の運動と地球上の人間たち(小宇宙)の運命が呼応する、と説かれた。宇宙が誕生時点から拡張を続けているのであれば、人間の意識もまた、宇宙の速度に合わせて拡張されねばならない。

地球だけでなく、宇宙全体を使ったアートをつくりたい。

アートとは、そもそも異次元の体験をもたらす空間である。規模を極限まで大きくすれば、強制的に多くの人間を巻き込める。大きい物体、広い環境……それを究極にまで追求したアートを夢想する。

片山たちのように商業施設で働くアンドロイドを開発・運用してきた人間たちは、アンドロイドをショーケースのなかに入れ、会話のパターンをタブレットに押し込めた。「枠」をはめれば、アンドロイドは人間らしく見える。

しかし私は人間の枠を外したい。

どこまで外したら人間以外の、あるいは生物らしさを逸脱し、超えられるのか。

人間がつくったものを超える何かに到達したい。

身体と精神を、宇宙の果てまで拡張してみたい。

人間以外、人間以上の生命を人工的につくりだし、それに「入る」。

それが、果てへと向かう。

人の脳と脳、人の脳と「それ」の脳（人工知能）が技術を通してつながり、そこに社会が形成されれば、ほとんど感覚を介さずに、互いの存在を認め合うことができるかもしれない。

生身の肉体の制約から解き放たれ、それでもなお、生物が互いを認識し合うこと。宇宙のある場所にいる私の脳の活動と、遠く離れた他人の脳の活動が、ネットワークを介して関わることができれば、そこには社会が存在する。

「私」とは何かを探し続ける者が存在していく。

自然や技術が融合した世界。

こうしたことの実現には、テクノロジーのさらなる発達が必要だ。

技術だけではない。ロボットやアンドロイド、人工知能についての無数の思想、独自の捉え方がもっともっと必要だ。その行く末を見たい。

私は複数のアンドロイドを世界各地に放ち、姉のつくった団体以外にもいくつもの組織を束ねて〝種まき〟を始めた。

＊

私の本体は、スウェーデン北部の氷河の上に位置する小さな基地の中にある。

姉も、香澄もそばにいる。私たち家族の近くには、最新鋭の医療設備と優秀なドクターがいてくれる。

温暖化が進んでいくらかは溶けてしまったとはいえ、地球の陸地面積の約一〇パーセントは、氷河や氷床といった一年中融けない大きな氷におおわれている。真っ白な世界？

違う。

氷河はボコボコしていたり、水でじゃばじゃばになっていたり、汚れて見えたりする。汚れに見えるものは微生物と、微生物がつくった有機物だ。氷河を黒く変化させ、巨大な氷床を融かす藻類やシアノバクテリアをはじめ、氷の上にはたくさんの生物が住んでいる。私は計画の大きさにとらわれて自らのちっぽけさを忘れないために、氷の世界に身を置く。

宇宙にとって人類など、地球上の生命など、氷河に見える汚れ、微生物の集まり以下のものでしかない。今は、まだ。それを意識しつづけるために、私はここにいる。

あらゆる手を使って延命するつもりだが、私も、姉も、香澄も、ともしびはいずれ潰えるだろう。

そのときは姉が進め、私が引き継ぎさらに進化させてきた人工生命に、この団体を託す。彼らに、私たちが地球中に張り巡らせ、あるいは宇宙にまで進出したネットワークを、自由に使えるように開放する。

それは単純な「機械の人類への反乱」とは異なる、人間には理解できそうでできない、別の知性の所業になる。それが自分の、最後の作品だ。

身体が拡張されればされるほど、感情が届く範囲も広がる。

姉の複雑な感情、香澄の言語化以前の情動、それらの強い想いはネットワークを伝い、どこまでも、ぐるぐると回る。いつか、宇宙の果てまで。

石黒教授と三人の生徒　5

じゃあ、今日もまた始めますか、と言うと、珍しくナカガワが真っ先に口火を切る。

「俺が気になったのは……最後のほうで双子の妹の、朱音さんだっけか？　彼女がいろんな機械の中に入り込むところっすね。遠隔操作ロボット全般に言えるけど、カラダごと入れ替えれば、誰でもある意味、別人になれるわけだ」

「それはそうですね」

いきなり意外な論点からだが、彼はそこが気になったのだろう。

「そうすると、人間の役者の仕事ってなんなんだろうなと。いや、今回読んだのは役者の話じゃないけども、それを考えさせられたっていうか……。人間の役者は、この身体を使って、別人になりきるわけだけど、そもそも『この身体を使う』という前提がなくなったあとで、役者は何をもって役者と言えるんだろう。違う身体をうまく使いこなせるやつが『いい役者』……なのか？」

なあエリカ、とナカガワが真剣な口調で続ける。

「おまえ、自分の身体を入れ替えられるとしたら、その身体、捨てるか？」

捨てないわよ、とエリカは即答する。

「たまに別の身体に入るくらいはしてみたいかな。でも、アタシはこの贅肉に満ちたカラダのこと、動かすときにはおっくうだなと思うけど、これはこれで愛してるのよね。自分で選んで手に入れたお肉だと思ってるし」

厳しい母親への反発から、彼女は過食するようになったのだ。

「しかしナカガワ、アンタも大変よね。今なんてほら、いや、とっくのむかしっからだけど、人間以外に、ロボットも役者になっちゃってるし、３Ｄホログラフィに演じさせることもできるし。人間の役者の役割もむかしとは全然違うみたいじゃない。そんな世界を進路にわざわざ選ぶなんてさ」

ナツメが割り込む。

「エリカさん、役者にかぎらず、どの業界でも同じですよ。ロボットにできるのに人間がやる意味はなんなのかと考えさせられる。あるいは、ロボットを使うことで求められる適性が変わってしまうことに悩む。この物語で言えば、生殖もそうでしょう。機械の子どもを作れるようになったとき、人類は改めて子どもを作る意味を問われた」

「そうよね。この話だと、赤ちゃんをロボットである意味つくりなおしちゃうようなことをするけど……それはそれで、お金も手間もかかるんだろうとは思う。でもアタシは、生身の女の人が妊娠して十ヶ月もかけてお腹を大きくして、大変な思いをして産んで、産んだあとももののすごい時間と労力をかけて育てていく行為の尊さってあると思うの。それはロボットにはできないんじゃないかな」

私はあえてクギを刺す。

「でももし、苦労しないで同じことができたとしたら、その方がいいと思いませんか？　テクノロジーを使うことによって子作り、子育ての負担が軽減される、あるいはまったくなくなるならそのほうがいいと思いません？」

「そうだけど、アタシが言いたいのは、わざわざ大変なほうを選んだひとたちを否定してほしくないってこと」

それはそれで、ひとつの考えである。

＊

「君たちには『偶像と宗教』ということについても、少し議論してほしいなと思っています」

小休憩を挟んだのちに、彼らには難しすぎるとは思いつつ、投げかけてみる。

信仰のあついエリカが、重そうに口を開く。

「……ごめん先生、アタシまだ神様に自分の人生の意味を問う域に達してない。だから何も言えない」

「まじめに答えてくれてありがたいんだけど、もっと気楽に話してもらっていいですよ。自分のことじゃなくてもいい」

「僕、ちょっと整理したいんですけど、いいですか。ロボットと宗教の関わりにも大きく分けるとふたつあると思うんです。ひとつは『教えの伝達手段』としてのロボット、それからもうひとつは、『信仰の対象』そのものとしてのロボット」

ナカガワが頭を引っかきながら、ナツメの発言を引き取る。

「つまりキリストとか何かを信仰している人が、十字架とか牧師とか司祭の代わりにロボットを使う場合と、ロボット自体を神さんとして崇める場合って意味か？」

「アタシ、ロボット自体を神様みたいに扱う感覚って全然わかんない。わかる？」

「僕自身はそうではないですけど……。ただ私も、仏像やお地蔵様やお墓を平気で壊せるかと言うと、そうではない。理屈で考えればただの木や石なのに、そこに何かが宿っている気がする。それがエスカレートすれば、ロボットを神聖なものとみなすようになるんじゃないでしょうか」

「俺らだってピラミッドん中に死んだ王様をミイラにして置いといて『復活を願う』とか言われても『アホか』としか思わねえけど、まあ、時代によって、死生観とか宗教って変わっていくもんだろ」

「……納得いかないわね」

私が補足に入る。

「エリカさんの感想も変ではないですよ。ただそれはそれとして、『教えの伝達手段』と『信仰の対象』を分けるナツメくんの整理はいいと思います」

ナツメは無邪気に笑みを見せ、笑みを隠すために口元に手をやる。つけひげが隠れると、まるで子どもの顔だ。プライドの高さを見せ付けて壁を築いていた初日に比べれば、彼もだいぶ私にも心を開いてくれるようになったのではないか。私は続ける。

「ロボット社会が進むことで、神からのメッセージを伝えるメディアとして有効だと考えた人たちも出てきたし、ロボットがもつ独特の非人間性そのものが、人間を超えた何かだとみなす人たちも出てきた。既成の宗教もロボットやアンドロイドを当たり前に使うようになったし、新興宗教も現れた。しかも新興宗教の中には『人間を超えて機械の身体と頭脳を手に入れれば永遠の命が手に入れられる』という、昔からＳＦで描かれてきたことがついに現実になるんだと興奮した人たちも混じっていたわけです」

でもね、と私は続ける。

「西洋の科学は、神の力の偉大さを明らかにするためであったり、神の存在証明をするために尽力した人たちが発展させてきた部分もあるんです。あるいは、アーサー・コナン・ドイルのように、一方ではシャーロック・ホームズのような近代的な科学知識をもった探偵が活躍する物語を書きながら、他方では妖精のような、目に見えない超常的なものを研究していた人物もいます。ドイルは、その時代においてもっとも先端的なガジェットであったカメラを使えば、目に見えない妖精や霊魂を映すことができるのではないかと考えた。『今ここ』にない何か、捉えられない何かが、新奇な科学技術を用いることで明かされるかもしれない。そういうあくなき探求心も、やはりサイエンスやテクノロジーの発達を推進してきた大きな材料だったわけです」

「つまりロボットがそんとき先端テクノロジーだったから、よくわかんねえ思想やら宗教にも使われたと。そういうこと？」

「そういう面もあります。ただ、そのあとの時代でロボットが手段として使われなくなったわけではない」

「信仰対象としてのロボットという側面は弱まり、教えの伝達メディアとしての側面が残った、ということですか？」

「基本的にはそうです。ニューメディアの初期に人々が必ずといっていいほど抱く過度な期待や過度な恐れは、時間が経って当たり前のものになるにつれて、薄れていきます。ただね、たとえば活版印刷というテクノロジーの登場によって一般人も聖書を読めるようになったことがルターやカルヴァンたちの教会改革を支えました。つまりそれまでは、きれいなステンドグラスがある教会に出向いて荘厳なパイプオルガンや賛美歌が響く空間に身を置き、司祭が語る言葉を聞いてありがたがることが信仰だと思っていた人たちのいくらかは、教会という場所を軸にしなくなった。聖書という本、紙に書かれている言葉を核とする信仰のありようへと変化したわけです。神を信じているという点は変わりませんが、活版印刷という新しいテクノロジー、自分たちのふだん使っている言語で読める聖書という新しいメディアの登場によって、信仰の内実、どのようなものを信じるかを劇的に変えた人たちが生まれた。プロテスタントの誕生は、新奇なテクノロジー抜きには考えられないものでした。それと同様に、宗教に用いられる新しいコミュニケーション・メディアとしてのロボットという側面だけでも、十分に革命的なものをもたらしたのです。そのことは知っておいていいでしょう」

私は前回出した宿題を確認し、次回までの宿題を出し、次に取り上げる作品を配る。

最後の作品は、彼ら自身ともつながりのある物語だ。さて、どう読むだろうか。

短いつきあいだったが、それで私と彼らのクラスは終わる。

人はアンドロイドになるために　You can't catch me

一七歳のミカの身体には、死んだ人の心臓が入っていた。

ミカは赤のひらひらした服が好きな少女だった。

茶色がかった地毛をあごの下あたりまで伸ばした髪型が、お気に入りだった。年のわりに発育はよくなく小柄。しかし何にでも興味を持つ、明るい女の子だった。好きな食べ物はするめ。気分を落ち着かせたいとき、気分をあげたいとき、集中したいとき、いつもするめを噛んだ。

彼女は都心部にある、祖父の代から住んでいるという団地の六階にある自室で、ベッドに寝転がりながら、遺伝子診断の検査結果を開く。

先天性の心臓病を患っていたミカは、一三歳のときに心臓移植に成功し、健康な生活が送れるようになった。

高校を卒業したあとの進路に、悩んでいた。と言っても重苦しく考えていたわけではない。自分の可能性を知りたかったのだ。

ミカは小さいころから「今いる場所は本当の自分がいるべき場所じゃない。違う世界を見てみたい」と思い続けてきた。病気でつらかったときも、元気になったいまも、それだけは変わらなかった。

もっと遠くへ行ってみたい。

両親は「生きていてくれるだけでいい」「ほどほどに、分相応な生き方をしろ」とミカに言っていたが、それでいいのか、という疑問があった。親から期待されていないようで、不満だった。

ミカは「進路を考えるなら必須だ」という教師やメディアの声に従い、こづかい程度でできる遺伝子検査キットの申込みをした。どの遺伝子を持っているかで、どんな病気になりやすいのか、どれくらい賢くなれそうなのか、どんな仕事が向いているのかを診断し、その分析のもととなった論文も添付してくれるサービスは、日常的なものだった。律儀に研究論文まで読む人間は少数だったが。

ミカの時代に至るまで、遺伝子診断の結果の取り扱いには、社会的な摩擦と議論が無数に起こっていた。学校や企業への入学や入社の審査基準として用いることは、表向きは禁じられた。

だが「優秀な人材がほしい」と訴える経済団体から政府への働きかけの結果、「提出は任意とする」「希望者の提出を拒むものではない」といった対応が日本では一般的となった。「出さなければ何かマイナスのものがある」と疑われる状況をつくりだしてしまったのだ。遺伝子差別を容認したとも言える。

とはいえそれは、努力ではどうにもできない遺伝形質によるパーソナリティ障害や疾患を持っている人間に対して「がんばれ」などと無駄なことを働きかけるコストを下げる合理的な選択でもあった。遺伝子による能力や人格の偏差、多様な人間のありようを「遺伝なんだからしょうがない」といった処理をすることで、よくもわるくも受けいれやすくする結果を生んだ。

生物は、遺伝と環境の相互作用で個性を獲得していく。

遺伝によって決まるのは半分だ。半分も決まってしまえば大きいとも言えるし、もう半分は後天的にどうにかできるという希望ともなりえる——大きな問題やリスクを抱えて生まれてこなかった人間にとっては。

ミカの両親は、彼女が生まれる前には娘の心臓疾患の可能性を知らなかった。オーガニック信仰のようなものがあって、遺伝子診断を含むあらゆる出生前診断を行わず、当然、生まれてくる子どものゲノム編集もしなかった。子どもにワクチン（予防接種）を打たせるつもりもなかった。「なるべく病院に連れていかず、薬を与えずに育てるのだ」などと思っていた。

しかし産まれてきてから死に至る可能性のある疾患が見つかると、そんなヤワな考えは吹き飛ぶ。「何をしてでも娘を救いたい」と願い、心臓の移植手術を行うことを選んだ。

ミカの亡くなった父方の祖父母は不動産を持っていて、父はその相続した不動産があれば働かなくても一生食べていけるはずだったが、手術費用のためにほとんどの土地と建物は売り払われた。

ミカは、持って生まれた自分の体の特徴を知りたかった。両親は教えてくれなかったのだ。「本当に知りたくなったら自分で調べなさい」とミカは言われていた。

今がそのときだ。

自分の遺伝子にどんな特徴があるのか、そして彼女は当然、移植された心臓についてもどんな遺伝的特徴があるのかも知りたいと思っていた。

遺伝子を検査すれば、移植する前のもともとの保有者についても非常に高い確率で個人同定ができ、その人の病歴も調べられる――という詳細までは、ミカは事前には知らなかった。

自分の端末に送られてきた検査結果を見て、衝撃を受ける。

知的能力が人口の上位〇・一%以内に入る可能性を潜在的にもっていることがわかったから、ではない。「これならもっと勉強したほうがいいのかな」と素直に思い、嬉しくもあったが、そんなよろこびはすぐ消し飛んだ。

両親が言っていた「脳死になった、同じ国の人の心臓を移植した」という話がウソだとわかってしまったからだ。

彼女の心臓は、リビアの貧しい地域の人間から移植されていた。提供者はほとんど病歴を持たず、心臓を提供した直後に死んでいたことまでわかった。

違法な人身売買か、あるいは自発的に死を覚悟で提供した人の心臓が、ミカを動かしていた。国際的には、そうしたかたちでの臓器供与、臓器移植は非難されている。ミカもそんな移植であったなら、望まなかった。

彼女は幼き日に感じていたことを久々に思う。「どうして私だけがこうなの?」と。

*

その事実を知った日、ミカは夕飯を取る前に、両親を問いただす。

彼女の家では、全員揃って夕食するのが習慣だった。

二一世紀のレトロゲームが好きな父親が、伝説のゲームクリエイター・桐生唯のつくったという『IoG』のキャラクターがデザインされた巨大ポスターを貼っている以外はこれといった特徴のないダイニングで、ミカはいつものように四角い木製テーブルを挟み、両親と向かい合わせで座る。「話がある」と切り出し、自分の端末から親の端末にデータを送る。

両親はそれを開き、「このときが来たか」と思う。娘はいずれ知る。それは避けられない。覚悟していたから、開き直った態度でいる。

ミカは怒る。ひたすら怒る。父母はそれをしばらく黙って聞く。

「心臓のせいで小さいころから、いつ死ぬんだろうって不安だった。だからたくさんおかねをかけて移植をしてくれたこと自体は感謝してる。でも、どうして教えてくれなかったの？　私、人を殺したの？　死なせたの？　パパとママはどう思ってるの？」

「ミカが殺したわけでも、死なせたわけでもない」

母は毅然として言う。

「死んだほうがよかったのか？」

父が言う。「俺はそうは思わない。ミカを助けるチャンスがあった。だから使った」

人間の命の重さはみんな同じなわけじゃない、自分にとってより大切な命があったから、お金で買えるほかの人間の命を買ったんだ、と。

これは、途上国でも技術的には簡単に臓器の摘出・移植の手術ができるようになった時代の話だ――むろん、移植費用はどの地域であってもかかる。

ただ、臓器を安く売る人間が多いことと、倫理的な規制がゆるいことから、先進国から臓器を調達し、輸送によって足が着く前に現地で移植手術を行うというグレーなビジネスは、貧しい国ではさかんだった。

腎臓のように、一部がなくなっても生きていけるたぐいの臓器を売った人間は、再生医療技術を使って自分の中で臓器を培養し、人によっては売買をくりかえしていた。貧民街から買ってきた人間に組織的にやらせる臓器ブロイラー業者もいたし、家族を食わせるために自らその手段を選ぶ人間もいた。

最も再生が難しい臓器の一つである心臓でさえ、積極的にそうする人たちもいたのだ。健康なドナーの身体から心臓をいったん外に取り出し、病気の人間に移植する。ドナーはしばらく人工心臓をレンタルして生活しながら、そのあいだに幹細胞から新しい心臓ができあがるのを待つ。そうすれば、比較的安全に心臓を臓器提供でき、高額の報酬が手に入る。

ただし、失敗して死ぬ可能性もあった。臓器を取り出して移植することは、それだけで身体への甚大な負担が避けられない。ミカに心臓を提供した人間も、死んでいる。

この時代には人工心臓の最上位機種のほうが人間の心臓よりも高価で、性能もよかった。ミカの親は人工心臓を購入し、手術する費用は、用意できなかった。

「ミカに死んでほしくなかったから、そうしたんだ」

「どうしてこの人の心臓じゃなきゃいけなかったの?」

相性の問題、おかねの問題、ミカの心臓病の悪化の度合い……総合的に考えると、そうするしかなかった、と父親は強調する。本当かどうかは、ミカにはわからない。父は続ける。

「本当のことを教えたら、手術をイヤだ、って言ったかもしれない。そしたらミカは今ここにはいない」

「でも……受けいれられないよ」

「いまさら心臓を元に戻せないでしょう?」

母は怒りながら言う。怒って、威嚇して、ごまかそうとしている。

心臓を元に戻せないことくらい、わかる。

「私だって、死にたいわけじゃない。死にたかったわけじゃない。でも、選びかった。せめて、知りたかった」

ミカにできることは、部屋にこもって泣くことだけだった。

＊

ミカには日に日に罪悪感が、のしかかってきた。

移植しなければ、彼女は学校の授業を受けることもできず、いまごろ墓のなかにいた。

入院していたころも、遠隔操作ロボットを使えばリアルタイムで授業自体は受けられた。

それが難しい場合はＶＲで講義を観れば「出席」扱いになった。

通学など時間のムダであると考える人間は少なくなく、リアルで通う生徒は、生身でスポーツをしたり、休み時間を仲間といっしょにすごしたりしたい生徒、家庭の事情で日中、家にいると都合が悪い生徒などにかぎられていた。

入院中のミカにとっては、どんなかたちであれ授業を受けることはつらかった。体調がかんばしくなかったからである。

心臓が治ったミカは、リアル通学が好きだった。

どこへでも自分の身体で歩いていける、走ろうと思えば走れる。

それが楽しかった。

ディスプレイやモニタごしの世界がきらいなわけではない。自分の目で見る世界のほうが、彼女にとっては尊いものに思えたのだ。友達もでき、「普通っていいな」と思えた。遺伝子診断の結果を見るまでは。

初夏の朝、ミカはいつも通学に使っているバス停を通りすぎ、徒歩で住宅街を抜け、学校へ向かってとぼとぼと進みながら、するめを嚙み、胸に手を当て鼓動を感じる。

自分の中に別の人間がいるみたいだ、と思う。

――私の身体は、どこまでが私なのか。わからない。「止まれ」と言っても心臓は止まらない。私の肉体は、私にとっては他人。私は他人によって生かされている。他人を殺した結果、生きている。

もう痛まないはずの胸のあたりが、うずく。

ミカは、「死にたい」とは一度も思わなかった。

移植してくれたひとの命を、ムダにしてしまう気がしたからだ。

ただ、どうしたらいいのかはわからない。どうしようもない。

自分には生きる資格があるのか、ないのか。どんな価値があって生かされているのか……。

この日も彼女は、学校に遅刻した。もはや病気が治って以降の楽しげなミカはいない。

彼女は「元気になって友達ができた」と思っていた。

だが、自分の抱えているものを相談できる相手はいなかった。入院中はファンタジー小説に耽溺していた彼女は、他人との距離の詰め方、胸襟の開き方を知らなかった。

＊

虚無感が、ミカを覆う。

「私に生きる価値？　そんなの、あるわけない」

夜、ベッドに入ったあと、朝、ベッドで起きたとき、日中ふとした瞬間、ミカは気づけばつぶやいていた。

私に心臓をくれた人は、死ぬつもりじゃなかったのかもしれない。

でも、結果的には、人の命を奪うことになった。そうまでして生きつづける私って何？

どう生きればいいの？

何もわからない。

息をすること、するめを噛むことくらいしかできない。

数学と物理の問題を解き、生物の勉強をしているときだけは、別世界に行ったかのような感覚に包まれた。それ以外は、ただ生きているだけ。高校三年の夏を迎えようとしていた時期に、進路はまだ定まらない。彼女はただ「遠くへ行きたい」と思った。

＊

ミカの両親は無策なわけではなかった。

ただ、「娘は生きてくれさえすればいい」という想いが強すぎ、ミカに指針を示すことができなかった。進路については、親のほうが焦りはない。一年や二年、大学に入ることが遅れたくらいどうということはない、という構えだ。

とはいえ暗い顔の娘を見るのはつらかったから、メンタルを前向きにしようと手は尽くした。旅行に連れていってみたり、何人かのカウンセラーに診てもらったり……。だが、彼女はそれに付き合わされることにうんざりしはじめていた。

ミカは適応障害と診断された。

適応障害は、特定の環境や人物に対してきわめて不快な状況が続くと体調を崩す、というものである。彼女は何に不適応なのか。自らの心臓に対してだ。適応障害を治すには、対処療法ではさほど効果はない。そもそもの原因になっている状況を変え、その場を離れたり、気に入らない人間を遠ざけることがもっとも有効とされている。

だが彼女は、今さら自分の心臓を変えられない。

彼女の家庭に再度の心臓移植を、それも、かつての彼女が望んでいたようなドナーからの提供を可能にするだけの金銭は残されていなかった。それになにより「再度の手術をしたら、今の心臓を提供してくれた人の命を本当にむだにしてしまうことになる」とミカは思っていた。

「誰と会っても、何をやってもだめなんだ」と思いつつ、ミカにも「もしかしたら……」という想いもある。心臓のときだって、絶対に無理だと思っていたのにドナーがあらわれた。

母から言われ、ミカはファッションに意識的な若者が集まる都心部にあるビルの五階へと、期待せずに向かう。あるＮＰＯがあたらしくつくったカウンセリングルームだ。待合室は一面の窓から街の景色が展望できて、きもちがよかった。名前を呼ばれ、薄桃色をした壁で囲まれた部屋で、ミカは「先生」と出会う。

笑顔で挨拶をしてきた先生は、すらりと背が高く、姿勢がいい。

対峙したひとを緊張させない、ふしぎな雰囲気があった。白衣の胸のあたりまで伸びている美しい黒髪と柔和な笑顔を見た瞬間、ミカはすぐに打ち解けられそうな気がした。

この人はピュアだ、と直感した。

事実ミカは、自分でも「しゃべりすぎなんじゃないか」と思うくらい、気づけば初対面の先生に対して、半生を語っていた。そんなことは初めてだった。それが先生のテクニックによるものなのか、たまたま相性がよかったのかはわからない。

なんにせよ、今まで話をしてきた学校や病院の何人かのカウンセラーとは、まったく違っていた。ここまで「自分のことを話しても大丈夫だ」と思えたのは、初めてだった。

「少し、あなたのことがわかってきた気がするから、こんどは、こちらから質問してもいい？」

「はい」

「あなたはこれから先も、生きたいのね？」

「……たぶん。理由は、わからないですけど」

「あなたの身体を生きのびさせるために、ご両親は移植を手配してくださったのよね？」

「そうですね」

「あなたはご両親のためにも、生きたいと思う？」

「親のため……？　親のためかどうかは、わかりません。でも私が先に死んだら、親がしてくれたことはムダになっちゃうんだろうな、とは思います。それに、移植してくれたひとにも、悪いですし」

「あのね、今から唐突だと思うだろうことを、あなたに言います」

「はあ」

「……呪われた身体を捨て去ることでしか、あなたの罪の意識は消えないと思う」

「なんですか、それ？『死ね』ってことですか？」

「いいえ。アンドロイドになりなさい、ということ」

たしかに唐突だった。

「どういう意味かわからないですけど……そもそも、先生みたいにすごくないと、なれないじゃないですか」

駅や病院のような公共施設、あるいは工場で稼動する量産型のアンドロイドはまだしも、世界トップクラスのダンサーやミュージシャンのようなアーティスト、あるいはある学術分野で功績を挙げたような研究者など、本当に卓越した能力と実績を持った人間しか、自らをかたどったアンドロイドにはしてもらえない。

と言っても、動きをコピーするだけではない。この時代には、ブレインアップローディングがついに可能になっていた――脳をデジタルデータ化し、人間が「アンドロイドになる」ことができるようになっていた。

正確に言えば脳だけではなく、その人の皮膚や筋肉、内臓や血管などのかたちと動きまでをスキャニングして人工知能に学習させ、本物とほとんどうりふたつのシミュレーションできる人体をつくりだす技術ができて程ないころだった。たんに姿かたちや動きをコピーするだけの二一世紀型ジェミノイドなら比較的安価にできたが、そこまでの高度なアンドロイドをつくるには、多額の費用が必要だった。

アンドロイドの運用方法はさまざまだった。

たとえばオリジナル（生身の身体）の生物学的な脳が死ぬまではアンドロイドの身体と頭脳に同期して操作するが、オリジナルが寝ているあいだはアンドロイドが自動で身体と頭脳を動かす、といったものがあった。

オリジナルによる操作とアンドロイドの自律行動の動作の誤差をフィードバックし、オリジナルに近い動き、オリジナルの動きの根源にある思考やクセをアンドロイドは学習していく。

そして生物学的な脳の寿命が尽きたあとは、アンドロイドだけが自ら身体と頭脳を動かすようになる。ひとつには、そういう使い方があった。

アンドロイドに意識や意志はあるのか？　表面上はあるように見えたから、それで不自由なことはなかった。

お金さえあれば、誰でもアンドロイドにはなれる。だがその費用は、人間のどの臓器よりも、ずっと高いものだった。莫大な計算能力と通信量、そのコストを負担できる者だけの特権だ。

多くの子どもは、アンドロイドが行う人類最高峰のパフォーマンスを見て「私もアンドロイドになりたい！」と夢を見た。けれど、だんだんとその壁の高さに気づき、アンドロイドより能力も魅力も劣る、ただの人間として生きることを受け入れていく。表計算ソフトに計算能力やグラフの作成能力で勝とうと思う人間がいないのと同じである。

ミカも「アンドロイドになることをめざす」など、幼稚園以来、考えたこともなかった。彼女は特に持病のせいもあって、他の人間より早くあきらめてしまっていた。

先生は言う。

「アンドロイドになるためには、出自は関係ありません。一定以上の成果を挙げた人間は、誰でもアンドロイドになれます。『究極の記録媒体』として著名人をアンドロイド化していくことは、今日では人類社会のコンセンサスです」

「それは、知ってますけど……私がそれをめざす理由が、わからないです」

アンドロイドが普及する以前から、人間はさまざまな情報をつくりだし、アーカイヴに残して整理をしてきた。

　洞窟壁画にはじまり、本や動画、デジタルメディアなどへ保存手段は広がっていった。そして人類はついに「情報をつくりだす人間そのものを記録し、情報メディア化する」というアンドロイド技術を手に入れる。

「情報化社会」から「ヒト情報化社会」――人間のあらゆる情報を解析、保存、複製、活用する時代――へ。そのフレーズは、高校入試の社会の問題で必ず出てくるものだった。

「先生がアンドロイドになれるくらいすごい人だっていうのは、わかるんです。スクールカウンセリングとか教育の世界では、知らない人はいないですし。こんなに話しやすい人は、初めてでした」

「もともと人間は、人間よりもアンドロイドのほうが話しやすいと思う傾向にあるの。『人間は、人間よりもアンドロイドを信用する』――これは私みたいな人間酷似型アンドロイドを使った初期の研究から、ずっと変わらない科学的事実」

　病院の外来では、アンドロイドを導入する以前には、一人の医師が一人の患者に向き合って診察をしていた。看護師は人手不足がひどく、一人で診察ができる医師の診察に立ち会うことはほとんどなかった。

　しかし、そういう状況において患者は弱い立場に置かれる。大抵は心細い思いをする。だから、診察現場にアンドロイドが導入されるのは必然だった。アンドロイドを医師の横に患者に向かって座らせるようになった。アンドロイドは画像処理機能を使って患者の表情やうなずきを認識し、患者に合わせて自分もうなずいたり、微笑みを浮かべたり、また患者のつらさに同情するかのようにしかめっ面を作ったりする。

統計上、アンドロイドが同席する方が、患者の安心感は増し、医師の説明に対する理解度も向上している。

「そうなんですね。私、今まで人間のカウンセラーとしか話したことがありませんでした。なんかいつも、気おくれしちゃって」

「そうよね。でも、人間とアンドロイドとの距離感は、はじめからとても近い。生身の人間同士だとどうしてもつくってしまう心理的なバリアがないから」

そう言って先生はミカの手を取り、両手でやさしく握って、見つめた。

――皮膚は、シリコンだかウレタンだかでできているんだっけ？　いや、それは昔のアンドロイド？　わかんないや。でも、素材のことなんかどうでもいい。……人間みたい。あたたかくて、中に機械が入っているなんて、信じられない。いや、機械が入っていても、先生は人間だ、と思う。

まなざしが、目力が、そこから伝わってくる感情が、まぎれもなくヒトのものに感じられたからだ。

「こんなふうに手を握るなんて、初対面の相手にしたら、ヘンでしょう？」

日本人の感覚では、たぶん。アンドロイド相手でも、ちょっと、気は引ける。たしかに、人間のカウンセラーとはそんなこと、いきなりはしたくない。

「人目に触れないところであれば、ハグだってできるはずよ。つまり私とあなたは、はじめから家族や恋人同士の関係みたいなものなの」

先生は笑う。そのほほえみにつられ、ミカの表情も自然とほぐれる。

アンドロイドは、生身の人間以上にゆたかで微妙な表情をつくることができる。人間以上に表情筋の本数を人工的に増やすことができるからだ。

ミカもその程度の知識はあったが、いざ目の前で見ると、そんな理屈は吹き飛ぶ。

ゆっくり息を吸うような動作をしたあと、先生はミカの目を見つめて言う。

「そろそろ話を戻しましょうか。私ね、若かったころに、臓器移植のドナーを増やすための啓蒙活動を医療機関で行っていたの」

ミカに電撃が走る。理由もわからず、恐怖を感じる。ミカが無意識に入ってしまった「逃げ」のモードを察し、先生は彼女の手を強く握った。

「少しだけ聞いて」

先生は自分の過去を語り始める。これは明らかにカウンセリングの範疇を逸脱している。

先生は、単にカウンセリングを行う存在ではない。

そのことはミカも知っていた。

＊

冗談めかして言うことには、先生は絵に描いたように優秀な子どもだったそうで、その人格も、生まれにふさわしく「よくできた」人物として幼少期をすごしたそうだ。正義感が強かった、と言う。強すぎた、と。

再生医療技術の発達により、安全に移植ができるようになった今、あなたも価値ある命を苦しんでいるひとに分け与えましょう――。社会人になると先生はそうした活動を行い、自らも角膜を提供しては再生させていた。その行いが、病気やケガで苦しむひとのためになると信じて。

「ドナー登録をするひとは、みーんな善意。ただ……」

先生は顔を伏せ、唇を噛みしめる。

ドナーのなかには、腎臓や肝臓のような一部がなくなっても生きていける臓器を他人に提供することによって、人生で初めて生きる意味や価値を感じる人がいた。臓器提供だけが自らの存在価値のように思い込む若い人もいる。自分の能力や価値を悲観し、卑下し、自信がなく、無力感を抱いている。

だからそうする。こうした人たちのうち少なくない割合の人が、より提供が難しい臓器、より身体への負荷が大きい臓器を提供することがステイタス、ないし、挑戦だと思っていた。

　最終的には、移植および再生に関して安全性の確保がむずかしい心臓のような臓器を、非正規の、非合法なルートに流して死ぬ――「スーサイドドナー」と呼ばれる急進的な人たちもあらわれた。

　スーサイドドナーの問題は、一昔前のロボット至上主義とか、過激な宗教テロリズムに、自分の生きる意味をみいだせない若い人が吸収されていったことと似ていた。

　こじれた承認欲求は、急進的な選択肢を輝かしいものに見せていたから。

　もうひとつは、独特の思想からである。アフリカ大陸を中心に古代エジプト神話に描かれていた信仰を独自に今日的に解釈する運動が流行した。心臓は古代エジプト人にとって神の教えを聞きとることのできる、神と人との仲介点であり、その人の決意を下す場とされていた。最先端の再生医療技術を使って自らの心臓を他者に分け与えることは、その教えにとって最高最上の布教行為だった。「いにしえの教えは、もっとも先端的なテクノロジーによってよみがえる」と彼らは吹聴した。とくに、自分よりはるかに優秀な人間に臓器を移植されれば自分もすぐれた存在になれる、という考え方が流通していた。

　あるいは、そうした人たちとはまったく別の、困った人たちもいた。

　自傷や自殺、破壊衝動の、特異なかたちでの発露、というケースである。心臓を提供し、自分は人工心臓に入れ替え、しかしそれをわざと止めて、死を選ぶ。自分を苦しめた世の中に復讐するために、提供後に自死し、移植されたお金持ちの人間とその家族に精神的なダメージを与える、だとかいったものもあった。

私の心臓も。あるいは、そういった人たちのいずれかによるものなのかもしれない。

先生は大げさな身ぶり手ぶりをしながら話す。

「びっくりしたの。困っている人を助けたい、という気持ちはわかる。でも身体を自損するようなことをしてまで、死を選んでまでするのは間違っていると私は思う。そうなってしまったら、もう、他人のためなのか、自分のためなのか……」

他人の命を救うために自殺するドナーが絶えないどころか増え続けることに胸を痛めた先生は、ほどなくしてその仕事をやめた。臓器を摘出しても、使われないことだってある。先生の勤め先が調べたところによると、スーサイドドナーの存在によって救われた命よりも、失われた命のほうが多かったという。もちろん、単純に命の数をプラスマイナスで合算して済むような問題でもない。

その後、先生は大学院に入り直して心理学と哲学を修め、カウンセラーに転じる。そして、おどろくほどの人気を集めるようになった。

自殺しようとする人を減らし、生きる意味や価値を求めている人の手助けをしたい。前職以上に人々を善導したいという想いがあった。ただそれだけでなく、「アンドロイドになってやる」という気持ちもあって、努力したのだという。

「あなただから言うけど、私、自分の肉体がイヤになっちゃったの。結果として他人の命をうばうことに加担してしまった自分の身体がね。でもアンドロイドになれば、もう、臓器のことを考えなくて済むかな、って」

「だけど先生が関わっていたのは、他人の臓器のことですよね。それと、自分の身体をアンドロイドにしたい、ということがどうつながるのか、わからないです」

先生は、人類がみな身体を捨てて純粋精神体になれば、スーサイドドナーのような存在はあらわれない、と言う。アンドロイド化はそのための過渡的な形態なのだ、と。

むろん、身体をもたない精神体などありえない。

何も感覚器がなければ、知覚ができない。外界の情報をインプットすることも、誰かに何かをアウトプットすることもできない。

「私ね、スーサイドドナーの人たちの気持ちが、本当は少しわかるの。自分が、あるいは自分のカラダが、嫌いなの。だからそれがもし役に立つなら、いくらでも差し出したい。この罪にまみれたカラダを、どうか生贄として使ってください、って」

恵まれた環境で何不自由なく育ったはずの先生が、どうしてそこまで不能感、不全感を抱くのか。しかしそれを訊くのはこわかった。

「あの、先生。私は『自分のカラダが嫌い』っていうより、自分のものっていう感じがしないんです。借り物みたいな感じがして」

「そう……。私の場合はね、アンドロイドになってから、ラクになった。私の罪と、私の精神や肉体が切り離されたような気がしたの。これはね、絶対にやった人にしかわからない。ああ、みんなアンドロイドになればいいのに、って思った」

先生の表情は、恍惚としている。ミカは「私が人生でいちども味わったことのないくらいの解放感が、あったのかな」と思う。先生に「罪」があったとは思わなかったが、先生の主観では、重い何かを背負ってしまったんだ、と。

「先生。その、アンドロイドになったら罪の意識が薄れた、っていうのが、よくわからないんだけど……」

「そうね。まるで『前の人生』でした行いのような……この自分とは切り離されている感じがあるの。もちろん、その感覚がイヤだ、と言う人も、なかにはいると思うけど」

たとえばロボットを遠隔操作していて犯罪をしたら、その操作者の身体に罪は宿る。ロボットには罪はない。だから犯罪者の姿かたちをコピーしたアンドロイドだからといって、アンドロイドに罪の意識は宿らない。

それと同じよ、と先生は言う。ミカはどこか腑に落ちなかった。心臓だけを入れ替えるのと、身体も脳もまるごとアンドロイド化することは、まったく違う気がした。

「私がアンドロイドになってしまったら……私に心臓をくれた人の命は、ムダになりませんか？」

先生は明確に「そうはならない」と言った。「今はわからないだろうけど」、とも。

＊

ミカは、初めて自分と目線を合わせて語ってくれる人と出会えた気がした。

ミカには親友と呼べる存在がいなかった。

両親には、心臓を移植した人が死んでしまったことに対する後ろめたさ、罪の意識はあった。けれどミカは、その罪を、自分の身体を駆動する器官として一生抱え続けなければならないという、罰のような感覚があった。両親は「自分たちは良いことをしたのだ」と思いたかった。ミカの抱いている感覚を薄々わかっていたのに、心の底では受け容れられなかった。

先生には強烈な自己否定の意識にさいなまれた過去がある。

だからミカに寄り添い、彼女が抜け出すための道筋を提案できた。

ふたりは何度か、「罪の意識」の源泉について話をした。

「あなたがアンドロイドになってみたら、わかるかもね」

と言われて終わることが、常だった。ミカはそれが馬の前にニンジンをぶら下げる行為だとわかっていながらも、少しずつ夢を膨らませていった。

「アンドロイドになっても味覚はあるから、安心しなさい。するめを噛むことをやめる必要はないわ」

アンドロイドにも、味覚も嗅覚も痛覚もあった。

もちろん、選べば切ることもできる。人工の食道や胃腸を作ることに何の意味があるのかという声も多い。だが生身の人間が感じられるものは感じるようにしておいたほうがよい、というのがアンドロイド・アーカイヴ財団の思想だった。

先生は潜在的に卓越した人材になる可能性の高い人間にアプローチし、アンドロイド化を目標とさせる、アンドロイド・アーカイヴ財団の人間だった。

ミカの両親は、それを知ったうえでミカに会わせた。

ただ、本気でアンドロイドになってほしい、めざしてほしいとまでは思っていない。再び前向きに生きるようになってくれはしまいかという、藁にもすがる想いで会わせただけだ。

ミカは、先生と会う価値のある人間だった。ある分野に秀でる可能性が高い遺伝子を持っていた。

ミカの親たちは先生に感謝しつつも「やりすぎだ」とも思った。

しかし「まだ見ぬ世界を見たい。遠くへ行きたい」と願う彼女自身の想いは、すでに両親の重力を振り払い始めていた。成績が本当に優秀な人間なら学費は免除されるか、奨学金でなんとかなる。「親に頼らなくてもあなたは生きていける」と先生はミカに教えた。

＊

先生とミカは会うたび、たくさんのことを話した。

他愛ない四方山話から、アンドロイドの方が人間より優れているのか、アンドロイド社会になったことで人間はいかに変わったのかについての議論まで。それはたとえば、こんなことだった。

「永遠性」について――人間は命が有限である。生物としての限界を超えることができない。アンドロイドはメンテナンスをしっかりすれば、半永久的に存在できる。ロボット社会になってから、人類の知る「命の尊さ」の意味は静かに、ゆっくりと、しかし確実に変わっていった。

「美的、芸術的価値」について――アンドロイドの方が、人間の個体よりも美や芸を保存できる媒体としては強固だ。アンドロイドの方がそこらの人間よりも絵はうまく描けるし、音程を外すこともない。

「存在感の遍在性」について――アンドロイドはさまざまな場所に置き、遠隔操作をすることで、物理的限界を超えることができる。人間であれば直に移動しなければ触れあうことはできないけれど、アンドロイドなら遠隔操作で「入る」ことで、触れあうことができる。

「宗教性」について——人とアンドロイド、どちらが神に近いか。

「家族のきずな」について——ロボットやアンドロイドというかたちで先祖を保存しておくことが可能になってから、先人たちへの敬いは、それ以前の時代よりも深いものになった。人間の身体は消滅するが、アンドロイドは残る。自分の前の代がどんな姿をし、何をしてきたのか。どのようにして自分は生まれてきたのかを辿ることが、しやすくなった。

ミカには、刺激的な時間だった。

＊

「先生の元になった肉体のほうは、どうなったの？」

見かけ、動き、思考などがコピーされてアンドロイドになったからといって、その元になった人間が処分されるわけではない。

生物としての寿命をまっとうするまで、オリジナルの人間は、自分のアンドロイドと併存する。だから、ミカがもしアンドロイドになったとしても、ミカに心臓を提供してくれた人の命はムダにはならない。オリジナルが死ぬわけではないから。アンドロイドになるまでの過渡的な形態を維持するために、不可欠だから。

先生は言う。

「オリジナルの私の気持ちは、アンドロイドの私には本当のところはわからない。ただ、私たちの場合は、お互い幸福だったんじゃないかな。私たちの場合は、仕事がカウンセリングだから。オリジナルはおばあちゃんになってもしっかりやっていたし、私がいることで安心していたように見えた」

先生が言うように、オリジナルが生身の身体を憎悪していたのなら、生身のほうは死んでしまってもよさそうなものだけれど、そうならなかった。いや、それもわかる。スーサイドドナーの存在に胸を痛めていた先生自身が自殺するのは矛盾している。罰を甘受するつもりだったのだろうか。

先生のオリジナルの行動は、変わっていた。

意識を持った自分のアンドロイドをつくったオリジナルの人たちの多くは、〝内側から〟アンドロイドの見ている世界を体験することを選ぶ。

意識を持ったコピーのアンドロイド技術が開発されて以降、大病を患った人間や、老いて全盛期の動きができない人間（オリジナル）に対しては、アンドロイドをつくったあとで何の手も施さないと精神衛生によくない、という問題が発生したからだ。

アンドロイド側の意識は「アンドロイドになって病気が治った」とか「身体の衰えが止まった」という喜びに満ちる一方で、オリジナルのほうは健康状態が改善されるわけではない。

自分のアンドロイドは、あたかも「身体の不自由さを感じずに生きられる」という別の人生を歩んだもうひとりの自分のようで、自分と比較して鬱々としてしまうのだ。

「タイムパラドックスみたいだね」

「そうね。正確に言えば、並行世界がすぐそばにあるみたい、ということね。タイムマシンで過去に遡って何かを変えてしまったら、今の自分は存在しないことになってしまう。だから、過去を変えた時点で世界が分岐する、という解釈が取られることがある。『何も変わらないままの現在の世界の私』と『変えられた世界の私』がいる。それに近いかもしれない」

アンドロイドを作っても、生身の自分自体は変わらない。

けれどすぐそばでアンドロイドが意志をもって自律的に行動している。アンドロイドは老いず、病気になることもない。オリジナルの身体や思考力は衰えていく。それに人は耐えられない。

だからソフトランディングのさせかたとして、アンドロイドをつくってしばらくは遠隔操作で入り、あるいは意識の共有だけをして、アンドロイドの自律的な行動を主観で眺めてもらうことがよく用いられた。

そうやって徐々に「アンドロイドも自分なのだ」「こいつががんばって生きてくれることで、自分も永遠に生きられる」と認め、あるいは双子の弟や妹、もしくは自分の子どものように距離感を持ちながら接することができるようになってもらう、といった方策が採られた。

場合によっては、死ぬまでは極力ずっと遠隔操作をしたいと望む人間もいた。

しかし、先生のオリジナルは、アンドロイド化されると一度もアンドロイド側を〝内側から〟操作することなく（ただしライフログはつねに提供していた）、アンドロイド自身が運用することを望んだ。これは異例のことである。

アンドロイドに入らず、先生のオリジナルは、外から眺めるだけ。

「いろいろ理由は言っていたけれど、どれも私には納得できる答えじゃなかった」

先生はオリジナルをコピーしたもののはずなのに、「オリジナルの考えがわからない」なんてことがあるのだろうか？

いま目の前で聞いている先生の考えと、先生のオリジナルの考えは、実は違うものなのかもしれない。あるいは、人は自分のことを意外とよくわかっていない、ということなのかも。

「先生はね、オリジナルが病院で亡くなるとき、こう言われたの」

先生は、老いたオリジナルを、横たわるベッドのすぐそばで看取った。

「進化って、わかる？　進化の目的は、生き残ること。人間の遺伝子は、生き残りのためにある。でも遺伝子がなくたって、生き残りの原理は普遍よね――」

その続きを対話する時間は、残されていなかった。

先生は今も時折そのときのことを思いだし、最後の言葉の意味を考えている。

オリジナルの先生には、子どもはいない。

――先生は、自分のアンドロイドは残した。それが、「進化」？

＊

先生だけが、ミカのところに降りてきて「あなたの可能性を信じる」と言った。

両親は「ただ健康で生きてくれさえすればいい」と願った。

先生だけが、ミカにハッパをかけた。「心臓の病は克服したかもしれない。でも生身の身体でいるかぎり、いつかは死ぬ。あなたは今みたいな生き方のままでいいの？　ふと振り返ったときに、後悔しないの？」

先生はミカを腫れ物にさわるような扱いをしなかった。「元気だせよ」とか「人生、生きてればなんとかなるよ」などという誰にでも言える気休めの言葉を投げる人たちとも違った。ミカ固有の悩みに寄り添い、ミカにミカらしい人生を歩むように勧めた。

先生から期待されたミカは、目標ができた。

大学で宇宙生物学を勉強したい、と思うようになった。先生が、先生のオリジナルに言われた「進化」のことが、引っかかっていたからだ。ミカは「これから先の未来のことを考えるなら、人類がもっと先に進む、大きく変化しうる可能性は、宇宙にある」と思った。その関心は、地球上とは異なるかたちでの生命のありようを探ることと重なってもいた。

彼女自身は意識していなかったが――彼女を学問へと駆動した根源にあるのは、ただ、宇宙や生命の起源について考えているあいだは、ちっぽけな自分のことを忘れられるからだった。

ミカは自分でも驚くほど成績が伸び、志望していた大学に入り、大学院に入り、論文を書くようになると、目立つ存在になっていた。ひがみやねたみ、悪いウワサの対象になり、心が折れそうになることもあった。先生がいなければ、くじけていたかもしれない。

「人間の思考には、認知バイアスがある。客観的じゃないの。それにはいいこともあるけど、傷つくことや損を過剰に見積もり、何かを失うことをあまりにイヤがる。変化を嫌う。そして、自分の居場所やプライドを脅かす存在に対して、攻撃的になる。これはよくない特徴ね。抵抗しなきゃ。保守的で退屈な人間では、アンドロイドになる資格は得られない」

ミカはアンドロイドの身体を手に入れたかったというより、先生の期待に応えようと思ってがんばった。

ミカたちの社会は、人間よりもアンドロイドを参考に、規範に、中心にしてまわっていた。

文化やスポーツ、学術の領域にいる、人間より優れたアンドロイドだけではない。

生身の人間は、たとえば量産型の工業用ロボットにさえ作業のスピードも正確さも勝てない。ロボットのパフォーマンスを最大化するサポートが、人間が経済活動で果たすべき役割なのだ。人間のする〝肉体作業〟の大半は、人間が身につけたウェアラブル端末からセンサネットワークを通じてコンピュータで管理されている。

人間はコンピュータなし、ロボットなしでは、高い生産性を保ちえない。だからこそ人間は、ロボットよりも安価で取引されている。

人類は、その活動のほぼ全領域で、アンドロイドにはかなわない。

もちろん、アンドロイドよりも人間が優れていなければいけない理由もない。

＊

「アンドロイドになるために、人間は生まれる」。

それが先生のもうひとつの口癖だった。これはときにはミカをけしかけ、目標に向かってしゃかりきにさせるための標語だったし、ときには、社会を解釈するための言葉だった。たとえばミカたち人間は、あるていど以上にアンドロイドのように適切にふるまえなければ、そもそも社会生活に不自由が生じる。

みなアンドロイドを相手に語学の反復練習をし、礼儀作法やコミュニケーションスキルを学んでいた。

アンドロイドのほうが人間社会で必要なことを正確に何度も再現をするのは得意で、見る目もたしかだ（正確には「目」ではなくセンサだが）。人間は同じことを何度もリクエストすると飽き、疲れてしまう。ひいき目など主観が入り、評価もズレる。けれど、アンドロイドはイヤな顔ひとつ見せず、評価も正確だ。アンドロイドは人類の鏡であり、理想だった。そう、「先生」だった。

ロボット／アンドロイドの普及とパラレルに、人類の人口増加は終止符を打ち、全世界的に人口減少トレンドが顕著になっていた。

ミカと先生はそのことについて――この現象にどんな因果関係があるのか、どう捉えるべきなのかについて学術的な決着はついていなかったが――「アンドロイドになるために、人間は生まれる」という言葉を軸に議論をしたこともあった。

「まさかチャペックが『R.U.R.』で書いていたとおりに、ロボットが普及したら人間は生殖活動を停止させていくなんてね。先生、どう思う?」

「そうね、人類進歩の起源は人口増加にしかない、と考えた歴史学者がいるわ。人口を増やすにしても食糧生産のほうに限界が来る、そう警告したマルサスの限界を超えて人口を、つまり食糧を増やしていくには、科学の発展が必要だった。そして科学を積極的に推しすめるにも、人間の頭数が増えないことには難しかった。人類社会は、人口増加と科学技術の進展を好循環させて、二一世紀まではきた。その結果、より多くの人間を支えられるようになった。でも今は人間が減っても、身体を伴った人工知能、ロボットやアンドロイドが増えている。マルサスの限界を乗り越えた存在がね。だからもう、生身の人間は、増えなくてもいい」

アンドロイド・アーカイヴ財団は当初、「記録」としてすぐれた人間を保存する目的でプロジェクトを始めた。

しかしもはやアンドロイドの方が人間よりも優れていることは周知の事実だ。今では生身の人間という劣った存在のなかから、アンドロイドになりうる星を引き上げる作業をする団体となった。

＊

——留学してから、もう何年になるんだろう？　先生との出会いからは、一八年目か。

ミカのアンドロイドが、ついにできた。

中国の国立宇宙研究所に勤めていたミカは、自分の研究室から、アンドロイドになれたことを３Ｄ通信で先生に報告する。先生は泣いた。アンドロイド技術の勃興期には「涙を流す機能なんて不要だ」という議論があったが、ミカには信じられなかった。先生の泣く姿を見て、ミカも泣く。感情は伝染する。

ミカはアンドロイドになれて、嬉しかった。先生との約束を果たせたから、というだけではない。そのころミカには研究したいことがたくさんできていて、時間と体力が足りない状態になっていた。アンドロイドになれば、半永久的に研究ができる。

ミカはアンドロイドになった。オリジナルのミカを基にして。

もっとも、ミカの場合、そこまでとくべつ優れた業績をあげたからアンドロイドになれたわけではない。

さまざまな分野でトップクラスの人間たちが権威あるアンドロイドになっていった結果、以前は世界で年間一〇〇〇人以上アンドロイドになっていたのに、しだいに一〇〇人ていどしか、アンドロイドになる資格を得られなくなっていた。過去のものを超えるか、最低でも同等の業績を成し遂げた者しかアンドロイドになれないからだ。ある特定領域に突出した天才が数人いると、十数年単位でアンドロイドが増えない分野も出てきた。

ではなぜミカがアンドロイドになれたか。研究者の身体をアンドロイドにして特殊環境に行くことが、ひとつのトレンドになっていたからだ。とくに宇宙飛行士や物理学者、生物学者のアンドロイドは、比較的数が多かった。

人類が地球を飛び出し、宇宙の謎を調査・解明し、進化の可能性をさぐるには、死なない体を手に入れるしかない。

人間の寿命はせいぜい一〇〇年ていどだ。だがそれでは遠くへは行けない。わかることも限られている。

問題は時間の壁である。

それを克服するには生身の肉体を捨てたほうが、都合がよかった。たとえ何万年かかる旅でも、宇宙飛行士や科学者をアンドロイド化すれば済む。ミカもそれを希望し、アンドロイドとして永遠の旅に出ることにした。

＊

ミカは地球を出発する前に、オリジナルと対話をした。

オリジナルは地球にいるあいだは基本的にアンドロイドに入って遠隔操作していたが、からだは地球に残し、アンドロイドだけが宇宙へ行くことになった。

地球から距離が離れれば離れるほど、遠隔操作の指示が遅れるからだ。人間が発信した情報がアンドロイドに着くまでの時間は、距離に比例する。そして人間は宇宙に連れていく必要がなかった。

ミカはオリジナルとアンドロイドでまともに対話するのは、そのときが最初で最後だった。

「宇宙は無機物にはじまり、無機物に終わると思う」

アンドロイドのミカは言う。

生命は、この宇宙に無機物しか存在しない時代にうまれた。有機物がうまれ、それは進化をつづけて、人間をつくった。

「神は自らの姿に似せて人間をつくった――って、よく言うよね。そして人間は、自らの姿に似せてアンドロイドをつくった。神様は無機物だった、ロボットだったんだよ。それが人間をつくった。でも人間は無機物の生命をつくり、神へと回帰した。私はそう思っている。無機物の知性体のほうが、有機物の知性体よりも、どう考えても自由で、適応力も高い。神様が有機物なわけない。有機物は、無機物を進化させるための一時的な手段にすぎなかったんだよ」

興奮しながら話すアンドロイドの動作を見て、オリジナルのミカは苦笑する。

「ごめんね。おかしくって。私は自分のからだを、こんなふうにしっちゃかめっちゃかに動かしながら人に話してるのか……って思っちゃって」

宇宙探査用に強化された身体を用意されたミカのアンドロイドは、オリジナルと「まったく同じ」動きをするわけではない。けれど、親と子以上にクセが似ていることは、間違いない。

落ち着きを取り戻すと、オリジナルのミカは話し始める。

「あなたのように無機物になった人類は、永遠の命ともいうべきものを手にいれたことになる。もちろん、回路は焼き切れることもあるし、金属や皮膚は腐蝕したり、空気に触れれば酸化していく。動力源がなくなれば活動は停止してしまう。けれどパーツを入れ替え、あるいは身体をつくりかえ、電源を確保しつづけられれば、長い命を利用して、他の惑星に行くこともできる。ひとりのアンドロイドが、ある星が生まれ、消えゆくプロセスをリアルタイムで記述し、分析することも、理屈のうえでは可能になる。そういうことをするには、有機体の命は短すぎる。何かを観察するためのデバイスとして肉体は必要だけれど、私みたいに、生身の人間である必然性はない」

ホモ・サピエンスは技術を使う動物だった。技術は遺伝子よりも速く、人間の能力を進化させ、拡張する手段のひとつだった。人類が誕生してしばらくすると、技術が、無機物が人間の生活のほとんどを支えるようになった。

オリジナルのミカは、胸に手を当てて言う。

「人間は有機物から無機物になって、時間と空間を克服する。ずっと言われてきたことだけど、改めて自分が当事者になるだなんて、思わなかったな」

＊

現在のミカと「身体って、なんなんだろうね」「先生のオリジナルが言っていた『進化』についてなんだけど」などと対話してくれたミカのオリジナルはもう朽ちて、墓のなかにいる。「あなたが宇宙に行くなら、私は子どもをつくろうかな」なんて言っていたが、それはかなわなかった。

――恋愛だってロクにしたことないのに、なんであんなこと言ったんだろう。でもたしかに、自分では欲しいとは思わないけれど、私の子ども。見てみたかったな。

＊

国家の威信をかけて建造された宇宙ステーションには、宇宙探査用の多様なロボットと、百人単位でアンドロイドになった研究者たちが乗り込んでいた。

二一世紀なかばには月周辺および有人火星探査は当然のものになり、今では人類は太陽系外にも当然のように進出していた。

アンドロイドの身体を手にし、宇宙環境ですごすようになったミカは、地球にいるときとは異なる頭の回転をするようになった。

十年単位や百年単位ではないロングスパンでものごとを考え、論文の生産量も増えた。

生身の人間の学者はなにかとアンドロイドが書く論文に文句をつけてきたが、すぐにアンドロイドだけの学会ができ、研究は著しく進展した。ミカは無限に近い時間と自分に近い境遇の研究仲間を手に入れ、初めて腹を割って話せる友人もできた。

生身の人間とアンドロイドの思考の差異を、改めて認識する。

オリジナルのミカは、移植によって死んだ人間の心臓が入った身体を気に病んでいた。それはそう思わされる社会環境にいたからである。

強靭な人工筋肉でできた身体を持つ人ばかりがいる宇宙環境下では、ミカはかつての気持ちや考えを思い出せはしても、もはやわがことのようには捉えられない。

これまでは生身の人間のいる環境ですごしてきたから、ヒト型こそがアンドロイドにとってもっともすぐれたインターフェースだった。人間の脳は人間を認識する能力を異様に発達させ、自分たちの身近にあるものを擬人化して扱う習性があった。しかしここには生身の人間はいない。

人類が「人間のようなロボットやアンドロイド」をつくろうとしていた時代、「人間がロボットやアンドロイドの規範になっていた時代」は遠い昔。

その次には、反転した「アンドロイドが人間のお手本や規範になる時代」があった。

今は「アンドロイドがアンドロイドの規範を自らつくりだしていく時代」に入ったのだ。

宇宙に出てしまったミカたちは、もう見た目や動きを極力ヒト型に近づける必然性はない。

ミカたちは宇宙で探査し、研究しやすいように、からだをつくりかえていった。手足や皮膚をはじめ、外部からの情報をインプットする器官をいじれば、必然的にその情報をどう処理し、アウトプットするかも変わる。からだを組み替えることで、思考も変わった。「あえて旧来的なヒト型の思考を理解し、シミュレートする」ためにヒト型を維持しているアンドロイドもいたけれど。

――そういえば先生、「アンドロイドになったら、罪の意識は薄れる」って言ってたな。からだは自分のものじゃなくて……社会のものなんだ。

かつてカール・マルクスは「人間とは社会的諸関係の総体である」と言った。どんな孤独な人間もひとりで生きていくことはできず、自分をとりまく関係性、環境からの影響を逃れられない。

同様に、ロボットやアンドロイドは無数のセンサネットワークの結節点として存在していた。「単独」で「自律」して動くものは、一体もない。ただ社会的に都合がいいから、ロボットやアンドロイドにも「人格」があり「責任」が宿るかのように処理しつづけていた。

「自分の生きる意味をさがすには、まわりに目を向けなければいけない」。よく言われることばだが、ミカは宇宙に来て身に染みてそのことがわかった。

ふと、ミカはするめを噛みながら胸に手を当てる。

うずかない。もう、心臓がない。

――私に心臓を提供してくれた人、ありがとう。あなたがいなければ、私はここにいませんでした。

＊

地球、そして地球で生まれた生命は、宇宙規模で見たときには特異なのか、ありふれた存在なのか。地球の外に出たことで、人類はやっと本格的に調査できるようになった。

土星の氷衛星エンケラドスにて採集した熱水噴出孔のデータを分析しながら、ミカは満ち足りた気持ちでいた。ずっとむかし、ミカは自分のオリジナルと最後に対話したとき、「人類の目的は、無機物の知性体、つまりアンドロイドになって、宇宙の原理を解き明かすことだったんだと思う」と言った。

——今ごろ気づいた。あれは「アンドロイドになるために人間は生まれる」という先生のことばを、言いかえたものだったんだ。

その後もミカは先生に通信データを送っていたが、返信が届く時間は徐々に長くなっていった。ミカがそれだけ地球を離れたからだ。

それに合わせて、心も離れていくような寂しさもあった。あんなに好きだった先生の気持ちが、考えが、どんどんわからなくなる。

ミカたちは地球を離れた場所で、自分の身体や頭脳を改造しながら生きている。そうして、地球の常識的な思考、ホモ・サピエンスの常識からは遠ざかっていく。そこから逃れているように見えた先生さえ、ミカには過去のパラダイムの住人に思えるようになった。

この宇宙が誕生してから一三八億年。地球上に生命が誕生してからおそらくは四〇億年。だが類人猿が登場してからは、七〇〇万年しか経っていない。ホモ・サピエンスが地上の覇者となり、知性を発達させてきた歴史は、宇宙全体の歴史のなかではほんの一瞬のことだ。

有機体のホモ・サピエンスから、機械の頭脳と身体を持った存在への移行が始まってからは、それよりさらに短い時間しか経っていない。

けれどおそらくは有機体の人類よりも長いあいだ、この宇宙で私たちは生きていくことになる、とミカは思う。

幸運にも人類が連綿と地球で生存し続けられたとしても、十億年も経てば太陽の膨張がはじまり、その熱で地球上の水は干上がり、人類をふくめたすべての生命が死滅する。

――そのとき私たちは、太陽系からはるかに離れた場所で命を紡ぎ続け、宇宙の各地で地球以外の生命体との出会いを果たし、あるいは混淆しているだろう。

先生は「あなたの近況を聞いていると、私たち地球にいるアンドロイドは、人間といっしょに取り残されたような気がする」とミカに言った。そうなのかもしれない。人類が有機体のからだを棄て、地球の環境から離れたときにどうなるかを、何が見えているのかを、先生は知らない。

その先をミカたちは自らつくりだし、歩んでいた。

「先生も宇宙に来ればいいのに。こっちのほうが、よほど先生が求めていた純粋精神体の世界に近いよ」とミカは思う。「私はたぶん、ここから宇宙へ飛び出す人を見つけて育てる役割なのよ。宇宙に行っても役に立たないわ」と先生は言う。「役割分担」と。

ミカにはその感覚が、わからない。

ただミカは、今日も遠い世界を求めつづける。
先生は今日も地上で、未来のミカを探しつづける。

石黒教授と三人の生徒　6

短期講習も最終日になった。窓のむこうに開ける空は青い。

教室にいるエリカ、ナカガワ、ナツメとは、たった四日付き合っただけだが、それでもいくらか成長したような印象を受ける。

「君たちは、言うまでもなく、ここに出てくる『先生』がつくった学校の生徒です」

私が話し始めると三人がうなずく。彼らは中学を卒業し、一五歳になると成人を迎える。

「あ、フィクションも入ってますけどね。もちろん」

この学校は、極力、子どもをテクノロジーから遠ざけ、その歴史とリテラシーを十分に学ぶまでは与えないことをポリシーとしている。

今や、あまりにもカジュアルに身体改造や遺伝子改変、ロボットやアンドロイドの身体との同期等々ができるようになってしまった。

かつてアンドロイド化は選ばれた者の特権だった。

今は違う。誰でも安く、簡単にできてしまう。

だからこそ、そのありがたみと危険性を体感させる必要がある、というのが「先生」の現在の考えだ。

以前は先進的でラディカルであった「先生」は、最近では守旧派、保守反動として扱われている。自分はアンドロイドなのに、なぜ今は「大人になるまでは生身でじっくり学び、それから選択するべき」などと主張しているのかと揶揄されることも絶えない。

彼女は、かつてとは考えを変えている。ただこのスタイルは、最近のエリート教育の流行でもある。だからこそ「結局、彼女は時代に合わせて都合よく選民思想を展開しているだけではないか」という批判もある。

私は個人的には、幼稚園児だってロボットに入る経験をしてもいいと思うし、小さいころからブレインアップローディングしてもかまわないと考えている。

とはいえ、人間には多様な考えがある。それが混じり合うことでユニークな発明や発見が生まれ、新鮮な体験ができる。だから自説を押しつけることはしない。

どんな教育機関、どんな相手であろうと、私にとっては「ロボットやアンドロイドを通じて、人間について考えてもらう」ことが仕事であることには変わりない。

エリカ、ナカガワ、ナツメはみな、今は生身の身体だ。

彼らはまだ、サイボーグ化、遠隔操作ロボットの利用、ブレインアップローディング、遺伝子操作、ナノマシン注入などあらゆる身体改造および分身ロボットの利用が地域の法律で禁じられている。彼らは現代文明からほとんど隔離されて高等教育を詰め込まれ、ストイックな寮生活を送っている。

それが、この夏が終わり、秋が来て冬を迎え、春になって成人すれば、多くのことを自己責任で、自己決定していかねばならなくなる。

これからどんな身体や頭脳を選び、地球上で生きていくのか、あるいは宇宙へ移住するのか……それは彼ら自身が決めていくことだ。

私以外にも、さまざまなアンドロイドの講師が、彼らに人類と科学技術の歴史、その関わりが引きおこしてきた問題、哲学的な問いについて、彼らに考えさせるというカリキュラムになっている。

ちなみに今回は地球で生身の子どもを相手にしたゼミだったが、地球外の教育機関に通う連中に同じ話を読んでもらったとしても、エリカ、ナカガワ、ナツメのような反応や思考はまず見られない。

「今回読んでもらった作品の背景について、少し歴史的な流れを補足をします」

短いあいだの付き合いだったが、彼らとの時間は楽しかった。彼らにとっても、そうであってくれればよいのだが。

「二〇世紀後半から、『すべての技術はより人間らしくなっていく』というのが、技術開発の大きな流れでした。はじめ、炊飯器はしゃべっていませんでした。炊飯器の外側にちょっと付いた小さいディスプレイの中に『炊けた』とか『あと何分で炊ける』といったことを表示していただけです」

「そうなの？　味気ないもんねえ」

「しかし二一世紀に入ったころから、家庭の中では炊飯器も冷蔵庫も洗濯機も、すべてがしゃべるようになりました。そんなふうになるとは、誰も考えていなかったんです。『機械がしゃべるなんて気持ちが悪い』とも言われていた。それが、気づけば多くのものが人間らしくしゃべるようになりました」

「今でも地球のものはそうですよね。『外』じゃ違うらしいですけど」

ナツメは地球の外で生きる人たちへの畏怖と憧れがあり、しかし同時に、がんばって情報を仕入れてみても、地球外の思考やトレンドは理解できず、好きになれそうにもない、というねじれを抱えていた。

機械化した人類は、みな地球外に行きたがる。

地球は、ほとんどのロボットやアンドロイドたちにとっては退屈な場所なのだ。

生身の人間より高度な知性をもつ宇宙の人類のほとんどは、地球に住む生身の人類のことを相手にしていない。

ホモ・サピエンスが蟻や虫を支配しようと思わないように、機械化した人類が有機体の人類を支配することに興味を示すはずもなかった。

邪魔やちょっかいを出されれば排除する。その程度の存在でしかないのだ。

私や「先生」は、数少ない例外だ。

そのことを生身の人類はよく知っているからこそ、機械化を望む若者は少ない――地球の大人はみな、生身でいることを意図的に選択した者しかいないから、その価値観は、子に対しても強く刷り込まれてはいくものの。

ナツメが外に行くことに彼の親は明確に反対し、地球にいる生身の人間こそが至上なのだと教えてきたが、彼はもはやそれを鵜呑みにする年齢ではない。

ナツメの一族は地球人のなかではエリートだが、それが井の中の蛙でしかないことを彼は理解している。エリカも、ナカガワもだ。

エリカやナカガワはあきらかに生身に執着を見せていたが、ナツメには地球外のロボットやアンドロイドに対する羨望と劣等感が混在していた。

私は続ける。

「どうして二一世紀には、しゃべる機械ばかりになったのか。それは生身の人間が、人間を認識しやすい脳を持っているからです。そうであるかぎり、世の中のすべてのものは人間らしくなっていった。それが二一世紀でした。しかし、人間の頭脳が有機体でなくなり、あるいは有機体のままでも遺伝子をいじることで思考回路を一変させることが可能になると、ヒト型のものに親しみを覚えるという特性もなくすことができる。ロボットやアンドロイドの頭脳にとっては、必ずしもヒト型は最上のインターフェースだとはかぎらなくなった」

「だから今じゃヒト型じゃないロボットもいっぱい生きてるわけだよな」

「そのとおり」

ナカガワのめざす「伝統演芸」とは、地球では生身の人間相手の芸能のことを指す。

演者はヒト型であり（機械の演者の場合であってもヒト型である）、観客もそうだ。

つまりヒト型の演芸を理解できるインターフェースとコンテクストを有する者——つまり生身の人間——にしか、このジャンルの演芸のおもしろさは伝わらない。

人間がほかの動物相手にお笑いをやってもウケるはずがないように、地球外では多様な身体と文化を持った存在に向けた多種の芸能があるが、そのおもしろさは地球人にはほとんど理解ができない。逆もしかりである。

そもそも生身の人間同士でも、文脈やリテラシーを共有していない相手に創作物の価値を理解させることは不可能である。

たとえばミュージカルの存在を知らないひとに何の前提もなく鑑賞させても、なぜ突然歌い出すのか、意味がわからないだろう。

それにくわえて、生身の人類はそもそも情報処理能力が低く、機械知性のつくりだす笑いはハイレベルすぎて理解できない。生身の人間用にローカライズされたものだけは別だ。

ナカガワは、それらのことがわかっていた。

「生身の人間相手に、それも自分がふだん使っているマイナー言語が通じる相手に対して、さらにその中でもこの伝統的な話芸に興味のある、最大で数万人しかいないコミュニティに対して芸を磨いていくことに何の価値があるのだろう?」と悩んでいた。

小さな世界に閉じて深く掘り下げていくことは、本当に意味のあることなのだろうか? 自分が一生をかけてやりたいことなのだろうか? と。

「でもね、アタシ、『生身は機械より価値がありません』とか言われても、別になんにも気にならないの。だってそもそも違うものじゃない? どっちが価値があるかないかなんて好みの問題でしょ? そりゃ、お金を稼げるかどうかとか、個別の身体能力や知的能力を比べるなら話は別よ? だけど主観では、どっちだっていいじゃない」

「何をぬかしてけつかんねん。おい。人間は万物の霊長ということがあるぞ。

あれが怖いの、これが怖いの、情けないことを言うな。はばかりながらこのわしはギャッと生まれてからこのかた、怖いと思たことは一ぺんもないわい」

「ナカガワくん、それ『饅頭こわい』の上方版でしょ」

ナカガワは「ばれたか」と言いながら、嬉しそうである。「ロボットこわい」「人工知能こわい」――そんなものは「饅頭こわい」と同じだと。地球人らしい物言いだ。

＊

「ミカの話だけど、読んでみてどうだった？」

「またアタシから言うけど……子どもって、やっぱり親が望むようには育たないのよ。カズオさんたちの話にもそういうくだりがあったけど。『自分のことは自分で決めなきゃ』って思ったわ。この学校をつくった『先生』の言うことだって、絶対じゃないわけよね」

エリカはこの学校を卒業したあとは、修道女になって一生を神への祈りに捧げることに決めた。亡き父や母の意向とは、むろん異なる。「有名になりたい」と最初に会ったときに言っていたこととは対極に思えるが、彼女の中では何か大きな変化があったのだろう。

「僕は、ミカみたいに宇宙に行きたいと思いました。ただ、この身体のままで。機械化して宇宙と地球を往き来するのは簡単ですが、身体を変えるとそれに引きずられて思考まで変わってしまう。だから僕はこの身体のままで宇宙に行って向こうの人たちと触れあってみて、そのあと、また改めていろいろなことを決めようと思います」

思考の特性、クセは、身体性と不可分である。そういえば今日のナツメは口元のつけひげがない。これも何か心境の変化だろうか。

「よしあしの判断がつかないうちに闇雲に技術を受け入れるべきではない、という『先生』のおしえ、僕はこの話を読んで初めてわかった気がします」

ナツメの発言を聞いて、ナカガワは少し感慨深そうにしている。彼の金髪アフロに着流しというスタイルは不変だった。

「俺に対して『そんなに生身がいいなら外見をいじるべきじゃない。すっぱだかで生活するべき』って言ってたナツメらしいといえばらしいし、変わったといえば変わったよな」

「ナカガワくんは、変わらない？」

「自分じゃ、わからん。ただ、機械になれば過去の名演のデータをダウンロードし放題なのに、生身で芸を身に付けていくのは途方もなく時間がかかるし、身に付けたとしてもいつか死ぬ。なんでそんな非効率的なことを今でもやってる人たちがいるんだろうって疑問を抱きつつも、その非合理さに惹かれる自分がいる。今まで読んできた小説に出てくる人たちを見て、『ああ、俺とは考えが全然違うな。俺は俺の道を行くしかないのかな』と思えた。だから、このゼミに参加できて、よかった気はする」

能力や効率で考えれば、生身の人間でいることにメリットはないように見える。ナツメがめざしている作家業もそうだ。機械に文学が書けるのに、人間がやる意味はあるのか。

読み書きの処理能力は、速度も深さも、生身よりも機械のほうがはるかに優れている。

物理学や数学の先端的なことにしても、生身の人間には永遠にわからない領域にとっくの昔に突入しているが、生身で研究しつづける人間たちもいる。私はそれが愚かだとは思わない。興味深いし、敬意を払っている。だからこそ、生身の人間相手に、こうして授業をしに来ているのだ。

地球外でも生命が見つかり研究が進んだことで、一部の研究者のあいだでは、地球上の知性についての関心は改めて高まっている。

問い足りないこと、議論が掘り下げ切れていないことはまだまだある。彼らに示せたのは、ロボット哲学の入り口の入り口の部分にすぎない。

彼らとて、すべての悩みや疑問に答えが出たわけではないだろう。とはいえ、生身の彼らにとって、機械のわれわれよりも時間資源は貴重である。そろそろ終わらねばならない。

もちろん、大人になったり知能を機械化したからといって、すべてが解決するわけではない。

人間とは、生きている以上、なんらかの課題意識を持ち続け、挑み続ける生きものである。

私が彼らに最後に投げかけた問いは、生身の身体を捨てた人たちの大半も「人間」を自称している、という点についてである。

「『人間は機械と違う』と、人類はずっと言いつづけてきた。だけどね、身体と頭脳を機械にしたあとも、その人たちは自分たちを『人間』だと思っている。私もずいぶん昔にアンドロイドになったわけですけど、やっぱり自分のことを『人間』だと思ってるんですよ。……さて、じゃあ、改めて、人間とはいったいなんなんでしょうか。人間と人間じゃないものを分ける基準はなんだろうか」

こういうことを考え、語りつづけることができるかぎり、人間は人間でいられる。

私はそう思っている。

解題——私が小説を書く意味

石黒 浩

この作品のなりたち

この小説は、私が文春新書から刊行した『アンドロイドは人間になれるか』で構成を担当してくれた飯田一史氏に「いっしょに小説を書かないか」と持ちかけ、かたちにしたものである。

核となるのは、私がこれまで行ってきたロボットやアンドロイドの研究である（作中に登場するジェミノイドやテレノイド、M3-Neonyなどは実在のものだ）。そこから私と飯田氏で議論を重ねてアイデアを膨らませ、飯田氏が初稿を執筆、私がそれを監修し、加筆修正を加えて完成させた。

この短編集では、近未来を舞台に、研究者から見て技術的に無理や矛盾がそれほどない世界を考え、そこで起こりうるドラマを描いている。

もっとも、いくつかの技術については「いずれ実現するかもしれない」という推測に基づき、気軽に書いている部分もある。

たとえば、まだ人間の脳が十分に解明されていないのに、それが汎用人工知能に置き換えられるといった点である。

また、われわれが開発しているアンドロイドは、人間のように立ったり跳ねたりすることはできない。そうするには材料やモーター、バッテリーを改良しなければならず、自分の研究領域においてはその見通しは立っていない（私の研究の力点は「ロボットやアンドロイドを通じて人間とは何かを知ること」にあり、「ロボットをいかにうまく歩行させるか」にはないからだ）。

こうしたもろもろは「世の中の誰かが実現させるだろう」という見込みで書いている。

私が小説を書く意味

私が小説を書く意味は、限られた研究の時間でより多くのことを想像するためである。

研究には二つの種類がある。問題解決型と問題発見型である。

すでに誰かによって指摘された解決困難な問題を解くことを目的にする研究が、問題解決型。ノーベル賞の多くはこちらのタイプであろう。

もうひとつは、問題そのものを発見する問題発見型。人間とは何か、ロボットは何かという問題は、明確に定義された問題ではなく、その理解の方法さえも研究対象になる。私の研究はどちらかと言えば、この問題発見型の研究になる。特に、直感を頼りに開発されたロボットを通して人間やロボットを理解する試みは、構成的アプローチと呼ばれる。何かを構成（開発）して、それが人間らしいものになったとするなら、そこに人間の原理があるはずだと考える。つまり、構成したものを通して、人間とは何かを考えるという問題発見型のアプローチとなる。

問題発見型の研究に取り組むには、理論的な思考だけでなく、芸術的な直感で、まだ世の中に無いものを作り出す力、未来を見通す力が必要になる。

この構成的アプローチをとる問題発見型の研究における手順は、おおむね次の通りである。直感により、人間らしいと思われるものを作る。さらに認知科学的実験等により、人間らしさを確認する。構成したロボットの仕組みと認知科学的実験から、人間理解に関する新たな仮説を得て、問題を発見する。発見した問題（仮説）は、科学的アプローチや、再度の構成的アプローチを通して、より、人間の本質に迫る仮説へと深化させられる。

問題は、このような問題発見型の研究は、一般に時間がかかることである。問題解決型であれば、運がよければ、数年で問題を解決できることもある。しかし、問題発見型は、たとえば理解が難しい人間に対する仮説を発見しようというものであり、人間の定義が技術進歩と共に変化するものだとすると、いきなり人間の本質を説明する問題（仮説）を発見することはなかなか期待できない。徐々に仮説を深化させる必要がある。

私は定年まであと十数年である。研究者として到達できる範囲は限られている。仮説を立て、実験をする。その繰り返しは、無限にできるわけではない。私の残りの研究者人生の中で、人間について手順を踏んだ研究を続けても、発見できる問題には限りがある。

だが、この問題発見型の研究において、時間のかかるロボットの開発や、人間らしさの確認などの実験を全部省略して、想像の世界だけで、構成論的アプローチを展開してみたらどうだろう。もちろん、その試みには、検証されていない事柄の上に議論を積み重ねてしまう危険性が伴う。しかし、問題発見型の研究では、そうした丁寧な研究と同じくらい、未知のものを想像する力、未来を予測する力が重要である。限られた研究者人生の中で、想像力をめいっぱい膨らませてみれば、これまでの研究では見えなかった問題が見えてくるかもしれない。
これが、自ら小説を書いてみようと思った動機である。

そして、興味深いことにこの小説を書きながら、いくつもの発見を得た。ここではそのうちのふたつについて説明しておこう。

小説執筆を通じての気づき

ひとつは、本人の体をアンドロイドに置き換えることで、死という問題が大きく変わる可能性である。親しい者の死は常に悲しく、生き残るものにすくなからず影響を与える。しかし、自分の死が近づいたときに、自分のアンドロイドを作り、そのアンドロイドに自分の発言や行動をプログラムし、まるで自分のように振る舞わせることができるとしたらどうなるだろうか。

徐々に老いて死に近づいていく自分の傍らには、もう少し元気で、人とも話がちゃんとできた頃のアンドロイドがいる。いつしか孫は、ろれつが回らなくなった自分よりも、アンドロイドと話すようになる。さらには、自分はもう孫と出かけることはできないが、アンドロイドは孫としょっちゅう出かけている。

そうして、そのうちに生身の自分は死ぬのであるが、その死を孫はどれほど悲しむだろうか。おそらく、ほとんど悲しむことはないだろう。孫の対話相手は、死んだ自分ではなく、アンドロイドの自分に置き換わっているからである。

では葬式はどうするのか。もしかしたら、葬式は悲しむようなものではなく、アンドロイドとしての第二の人生を祝うような儀式になるかもしれない。なぜなら、アンドロイドになることによって、永遠の命を得ることができ、もはや葬式さえもする必要がなくなるからである。より進化した体を得たことを祝う儀式、それが肉体の自分の葬式になるかもしれない。

では生身の本人からみたら、どうだろうか。自分の死はどれほど悲しいことだろうか。目の前には、まだ元気だった頃の自分がアンドロイドの姿で孫と遊んでいる。それを横目に息を引き取るというのは、さみしいことだろうか。

さみしさなどの感情は、人とその感情を共有することによって、あるいは、共有したいと思うことによって、さらに強くなるものである。たとえアンドロイドであっても、自分が孫と楽しく遊んでいる姿を見て死にゆくのは、それほどさみしくなく、満足感さえもたらすのではないかと想像する。

もうひとつは、そのアンドロイドと生身の自分との関係である。自分の経験や行動、発話がコピーされ、まさに自分のように振る舞うアンドロイドの内部には、自分に似た意識が芽生える可能性はある。

ただ、それはあくまでも似たようなものであって、二つがつながって完全に同一のものとなっているわけではない。異なる体を持てば、異なる経験をする。ある瞬間はまったく自分と同じ脳活動をする（した）ものであっても、異なる場所にあるそれぞれの体で、異なる経験をしばらくすれば、無論、脳活動も変わってくる（たとえ体もまったく同じであっても、同じ場所で同じことができるわけではない。もしできたとしたら、ひとつの空間にふたつの物体が同時に存在することになるわけで、物理法則を無視している）。何よりも大事なのは、生身の自分の脳活動とアンドロイドの脳活動は独立したものであり、どんなに何から何までが自分と同じであっても、生身の自分の自己意識は、アンドロイドの自分の自己意識とは異なるのである。

では、どうすれば、自分の自己意識を自然にアンドロイドに移せるだろうか？

自分にそっくりのアンドロイドが作られ、そこにいきなり自分の脳活動がコピーされたとしても、生身の自分は、アンドロイドに乗り移ったとは思わないだろう。もう一人の自分がアンドロイドとしていきなり出現するだけである。ここで考えたいのは、生身の人間の意識を徐々に消しつつ、アンドロイドの体の中で自分の意識が徐々に芽生えるにはどうすればいいかという問題である。

答えはおそらく遠隔操作にある。アンドロイドが製作されたら、そこにいきなり自分の脳の活動を移植するのではなくて、まずは、遠隔操作でアンドロイドを動かす。そうして、生身の体の意識のまま、孫と遊んだり出かけたりする。

そのような遠隔操作を続けていると、そのうちに生身の体は徐々に老いていき、脳活動も衰え出す。そうしたら、衰えた分の脳活動を、アンドロイドの人工知能で置き換える。そして人工知能が脳活動の衰えを補う度合いを、少しずつ増やしていくのだ。

こうすれば、生身の体の自分の意識は徐々にアンドロイドの身体に乗り移り、自分の意識がアンドロイドに完全に乗り移ったころには、生身の体は意識の抜け殻となり、すなわち死を迎える。

生身の体とアンドロイドの体、それぞれに、自分の意識が存在する二重人格状態は、社会的にいろいろ問題を引き起こす可能性がある。自分が二人いるのと同じだからである。ゆえに、遠隔操作を介したスムーズな人格の移行が必要になるような気がする。

さてこれらの問題は、人間の知能が完全にロボットにコピーできるという技術を前提にした話ではある。おそらくは私が生きている間には実現しないことなのであるが、もし、知能のごく一部だけを対象に考えたらどうだろう。特定の状況で、特定の目的のもとに活動する、非常に限られた自分（のコピーの出現）を考えれば、もしかしたら、上記と同様の問題を、今の現実の世界で考えることができるかもしれない。

各話について

本書は五つの短編と、その合間に挟まる、私をモデルにしたキャラクターと学生たちの対話から成り立っている。短編について、ひとことずつ触れておこう。

・「アイデンティティ、アーカイヴ、アンドロイド」

自分で言うのもなんだが、本当にありえそうな話だと思っている。パートナーそっくりのアンドロイドができてしまった歌手の葛藤や、アンドロイドに対するさまざまな反応は、リアルなのではないか。

・「遠きにありて想うもの」

このおじいちゃんと孫の話も、ありえるような気がしている。先ほど述べた、老いゆく人間によるアンドロイドの使い方は、人間にとっての死の概念、死の受け止め方を変えていく可能性がある。

・「とりのこされて」

アンドロイドをめぐる犯罪や反社会的行為は望ましいことではないが、なんらかのかたちで現実にも避けがたく起こるだろう。この話では、社会におけるアンドロイドの地位が変化していき、人間と対等に近づいていく（あるいは対等になる）という価値観の移り変わり、およびその過程で起こる摩擦や忘却を想像してみた。

・「時を流す」

この短編では、アンドロイドが宗教や芸術の領域に進出したらどうなるか、あるいは新種の思想集団が台頭する可能性についてなど、人間にとって根源的な議論の提起ができたのではないかと思う。

・「人はアンドロイドになるために」

いわゆるブレインアップローディング、機械に人間の頭脳がコピーできるようになった未来が来たとしたら、人間とアンドロイドの関係はどう変わるかを描いたものだ。ここから「人とは何か」「社会とは何か」を考えてもらえれば幸いである。

次回作について

今回は私の研究を紹介するという意図もあり、ロボットやアンドロイドについての解説を随所に入れている。

具体的なことは何も決まっていないが、もしまた機会があれば、今度は解説部分をなるべく減らし、ドラマと思考実験に集中した、（たとえば学園もののような）もっとわかりやすい作品をつくってみたい。何度か書くうちに、人とアンドロイドが生み出す未来の姿はよりクリアになり、そこから浮かび上がるさまざまな問いも、より深まっていく気がするのである。

初出一覧

アイデンティティ、アーカイヴ、アンドロイド――「ｗｅｂちくま」２０１６年10月24日、10月28日

遠くにありて想うもの――「ｗｅｂちくま」２０１６年11月18日、11月25日（「See No Evil...」を解題）

とりのこされて――「ｗｅｂちくま」２０１６年12月16日、12月23日（「時を流す」１、２を解題）

時を流す――「ｗｅｂちくま」２０１７年1月20日、1月27日

その他はすべて書き下ろし。

石黒 浩（いしぐろ・ひろし）
1963年生まれ。大阪大学特別教授。アンドロイド研究の世界的研究者。2015年、文部科学大臣表彰（科学技術賞・研究部門）、シェイク・ムハンマド・ビン・ラーシド・アール・マクトゥーム知識賞を個人として三人目に受賞。また第2回星新一賞の選考委員も務めた。著書に『ロボットとは何か』、『どうすれば「人」を創れるか』、『アンドロイドを造る』、『アンドロイドは人間になれるか』など多数。

飯田一史（いいだ・いちし）
1982年生まれ。ライター。著書に『ウェブ小説の衝撃』など。

人《ひと》はアンドロイドになるために

二〇一七年三月二五日　初版第一刷発行

著　者　石黒 浩
　　　　飯田一史
発行者　山野浩一
発行所　株式会社筑摩書房
　　　　東京都台東区蔵前二-五-三　郵便番号 一一一-八七五五
　　　　振替　〇〇一六〇-八-四一二三
装　幀　水戸部 功
印刷 製本　三松堂印刷株式会社

乱丁・落丁本の場合は左記宛にご送付ください。

送料小社負担でお取り替えいたします。

ご注文、お問い合わせも左記へお願いいたします。

筑摩書房サービスセンター
さいたま市北区櫛引町二-六〇四　〒三三一-八五〇七　電話 〇四八-六五一-〇〇五三

ISBN978-4-480-80469-3 C0093